世界少年经典文学丛书

绿林女儿

[瑞典]林格伦 著

韩 芳 编译

中国出版集团 现代出版社

图书在版编目（CIP）数据

绿林女儿／（瑞典）林格伦（Lindgren，A.）著；韩芳编译. —北京：现代出版社，2013.2

ISBN 978 – 7 – 5143 – 1281 – 2

Ⅰ.①绿…　Ⅱ.①林…②韩…　Ⅲ.①童话 – 瑞典 – 现代 – 缩写

Ⅳ.①I532.88

中国版本图书馆 CIP 数据核字（2013）第 021830 号

作　　者	林格伦
责任编辑	刘春荣
出版发行	现代出版社
通讯地址	北京市安定门外安华里 504 号
邮政编码	100011
电　　话	010 – 64267325　64245264（传真）
网　　址	www.xdcbs.com
电子邮箱	xiandai@cnpitc.com.cn
印　　刷	三河市嵩川印刷有限公司
开　　本	700mm×1000mm　1/16
印　　张	9
版　　次	2013 年 2 月第 1 版　2021 年 8 月第 3 次印刷
书　　号	ISBN 978 – 7 – 5143 – 1281 – 2
定　　价	29.80 元

序 言

　　孩子是未来的希望，是父母心中的天使，是充满快乐的精灵。小学阶段更是孩子最快乐的时光，是孩子成长发育的黄金阶段。为了让孩子学习更多的课外知识，享受更加丰富的学习乐趣，我们策划了本丛书！

　　从小让孩子多读课外书，对培养孩子健康的心态和正确的人生观无疑将起着非常重要的作用。自《语文课程标准》公布以来，不少富有敬业精神、有才干的教师，在他们的教学中，担当起阅读教育的重担。他们在严谨的选材中，利用丰富的文学资源，向学生推荐了大量优秀的课外读物，实施了以"练成阅读和作文的熟练技能"为重要内容的阅读教育。大千世界充满了丰富的知识。阅读能丰富小学生的语文知识，增强阅读能力，提高写作水平，开阔视野，增长智慧。阅读本丛书，能够使孩子享受到阅读的快乐，激发起更浓厚的阅读兴趣，孩子的生活将充满新的活力与幸福！本丛书精选了世界名著和中国经典书目中流传最广、影响最大、最脍炙人口的作品，是培养小学生理解能力、记忆能力、创造能力的最佳课外读物。

　　最后需要指出的是，本丛书把世界上流传甚广的经典童话、寓言等也尽收其中，并将这些文学作品重新编写审订，使作品在不影响原著的基础上更适合少年儿童阅读，在丰富他们课余生活的同时提高语言和文字表达能力。本丛书通过科学简明的体例、丰富精美的图片等有机结合，使小读者不仅能直观地领略作品的精髓，而且还能获得更为广阔的文化视野和愉快体验。希望本丛书能成为孩子生活的一缕阳光照亮孩子前进的道路，能成为一丝雨露滋润孩子纯净的心灵。

编　者

目　录

绿林女儿

小洛塔和她的哥哥姐姐

绿林女儿

一

在罗妮娅出生的那个晚上，群山中电闪雷鸣。在那个电闪雷鸣之夜，马堤斯森林里的妖魔鬼怪都被吓得藏进洞穴里躲避，只有让人厌恶的人面鹰身女妖非常喜欢这种天气。它们围绕着马堤斯绿林城堡欢乐飞舞。它们的讨厌的吵闹声打扰了正在城堡里分娩的洛维丝。她对马堤斯叫道：

"快赶跑那些讨厌的女孩，让这里安静下来，不然我都听不见自己唱什么了！"

原来，洛维丝分娩的时候一定要唱歌。她觉得唱着歌可以减轻疼痛，如果孩子在歌声中出生，孩子的性格也会更加活泼可爱。

于是马堤斯便拿起弓箭，从城堡射击孔射出几箭。

"快滚开，人面鹰身女妖，"他生气地喊着，"今晚我家要生孩子了，你知道吗，女妖？"

"哈哈，今晚他家要生孩子了，"女妖大叫着，"一个在电闪雷鸣之夜生的孩子，一定会又小又丑，哈哈！"

这时马堤斯又朝女妖们射了几支箭。但女妖嘲笑他，然后愤怒地叫着从树冠上方飞走了。

在洛维丝分娩和马堤斯拼命驱赶女妖的时候，马堤斯的绿林弟兄们就坐在石头大厅的火炉旁边吃吃喝喝，像女妖们一样吵闹。这也不奇怪，因为他们总要找点儿事情做。十二个人在那里等得心急如焚，因为自从他们结伙以来，还没有孩子在马堤斯山出生过。

当然最着急的是斯卡洛·帕尔。

"这个绿林孩子快点生下来吧,"他说,"我已经不年轻,马上就要结束绿林生活了。如果在我离开人世前能看到一个新的绿林首领那就好了。"

当他正在说话的时候,门突然开了,马堤斯高兴地走了进来,他围着大厅蹦蹦跳跳地转了一圈,发疯似地喊叫着:

"我有了孩子!你们听见了吗?我有了孩子!"

"男孩还是女孩?"远处的斯卡洛·帕尔问道。

"一个绿林女儿,真让人高兴,"马堤斯大声喊叫着,"一个绿林女儿,快看,她来了!"

洛维丝抱着孩子跨过高门槛进来,这时候石头大厅里鸦雀无声。

"我肯定你们谁也没有想到,"马堤斯说。他从洛维丝手里接过孩子,高兴地在人群里来回走动。

"她在这!你们何时见过在绿林山寨里有这样漂亮的孩子!"

小婴儿躺在他的手臂上,睁开大眼睛盯着他。

"这个小家伙很懂事,我知道的。"马堤斯说。

"她名字是什么?"斯卡洛·帕尔问道。

"罗妮娅,"洛维丝回答说,"我早就想好了。"

"如果是个男孩子呢?"斯卡洛·帕尔问。

洛维丝平静而又严肃地看着他。

"如果我下定了决心,就一定会生个罗妮娅!"

然后她向马堤斯走去。

"我来抱一抱好吗?"

但是马堤斯舍不得把女儿还给她,他用慈爱的目光望着女儿明亮的眼睛,小小的嘴巴,乌黑的头发以及两只娇嫩的小手。他充满了对女儿的疼惜之情。

"我的孩子,你已经占据我的心了,"他这样说,"我也不知道到底怎么了,反正事情就是这样。"

"我能抱抱她吗?"斯卡洛·帕尔请求说。马堤斯把罗妮娅小心翼翼地放在他的手里。

"这就是你期待了很久的绿林新首领。小心别摔了，如果摔了，你就别想再在这呆。"

斯卡洛·帕尔什么话也没说，只是咧着没有牙齿的嘴冲着罗妮娅笑。

"她好像很轻。"他一边惊奇地说着，一边又把罗妮娅掂了几次。

这时马堤斯不高兴了，他生气地夺过孩子。

"你还以为她多重？笨蛋！难道她一生下来就是一个有着大肚子、满脸大胡子的绿林首领吗？"

绿林弟兄们突然知道了，如果不想让马堤斯生气，千万别说这个孩子半点坏话，惹他生气可了不得。于是他们又齐声赞美起这个孩子。他们一次次地为她干杯欢庆，马堤斯也非常高兴。他坐在椅子上，一直捉摸着自己的宝贝女儿。

"这回一定会把波尔卡气死的，"马堤斯开心地说，"他在自己倒霉的强盗窝里肯定会嫉妒得咬牙切齿，气死活该，真活该，他气得会把牙齿咬得发响。我想，听到他咬牙的声音，所有的人面鹰身女妖和灰矮人都会把耳朵捂起来！"

斯卡洛·帕尔同意地点点头，他带着一丝得意的微笑说：

"对，一定会气死波尔卡。因为马堤斯家族能够传宗接代了，而波尔卡家族则要断子绝孙了。"

"说得太对了，"马堤斯说，"断子绝孙，一定会是这样！据我所知，波尔卡家庭还没有孩子，而且以后也不会有。"

这时候外边响起了雷声，在马堤斯森林里，人们从未听到过这么响的惊雷，甚至连绿林弟兄们都吓得脸色苍白，年老体弱的斯卡洛·帕尔更是被震倒在地上。这时罗妮娅突然轻声地哭了起来，这哭声甚至比惊雷还让马堤斯吓了一跳。

"我的女儿哭了，"他慌忙喊叫着，"这可怎么办？这可怎么办？"

但是洛维丝仍平静地站在那里，她抱过罗妮娅，把奶头放到她嘴里，然后她就安静了下来。

"这雷声可真大，"斯卡洛·帕尔镇定之后说，"真见鬼，我敢肯定雷把什么东西击坏了。"

他说的对，惊雷的确击坏了东西。一大早人们就发现马堤斯山顶上的马堤斯城堡被雷一分两半，从上面的墙顶一直裂到地下室的屋顶那里，城堡一分为二，中间有一道深深的沟。

"罗妮娅，你出生的时刻真与众不同。"洛维丝抱着孩子站在裂开的墙顶旁边，看着那恐怖的场面说。马堤斯则像一头猛兽一样大叫。他的祖先留给他的古老城堡怎么会发生这种不幸呢？但马堤斯不会仅仅为一件事发怒，他会找别的事情来安慰自己。

"算了，这样我们就不用为那么多迷宫、地下室和其他没有用的东西操心了。估计谁也不会在马堤斯城堡里迷路了。你们还记得吗？有一次斯卡洛·帕尔在里面迷了路，转了四天也没走出来！"

斯卡洛·帕尔最不愿提这件事。他竟然也会在里面迷路。他原本只是想看一看马堤斯城堡到底有多大，正如前面所说的那样，他觉得城堡可以大得使人迷路。可怜的斯卡洛·帕尔最后返回石头大厅时已经精疲力竭了。多亏绿林弟兄不停地叫他的名字，他才能从很远的地方听到声音，否则他永远也走不出来了。

"我们从没有完全用过整个城堡，"马堤斯说，"我们一直住在大厅、厢房和塔楼里。但是惟一让我感到气愤的是我们没有厕所了。唉，太不凑巧了，厕所在城堡的另一边，在我们还没有新厕所之前，有人憋不住就出问题了。"

不过厕所很快就有了。马堤斯城堡里的生活逐渐恢复正常。不同之处是那里多了个孩子。洛维丝觉得这个小孩子使马堤斯和他的绿林弟兄们逐渐变得小心翼翼，不是说他们不应该小心一点儿，而是他们做得太过分了。一位绿林首领和他的 12 位绿林弟兄傻傻地坐在那里为一个小孩子学会在大厅里爬来爬去而欢呼，就像欢呼地球上从未出现过的奇迹一样，这一点肯定是有点过分。的确，罗妮娅爬得很快，而且她爬的时候，能用左脚蹬地。所以马堤斯他们认为这一点确实不寻常。但是洛维丝却说，一般来说，绝大多数孩子都能学会爬，但是没有人会因此为他们热烈欢呼，而他们的父亲也不会忘记其他的一切事情，甚至连工作都不耽误了。

"你们是不是想让波尔卡把马堤斯森林的所有东西都抢走？"洛维丝严肃地说。因为马堤斯和他的绿林弟兄们在晚上洛维丝哄罗妮娅在摇篮里睡觉之前，总会一窝蜂地围过来看她吃粥。

但是马堤斯却好像没有听见。

"罗妮娅，我的宝贝。"他叫着。只要马堤斯一进门，罗妮娅就蹬着左脚很快地从地板上向他爬过去。然后马堤斯把她放在自己的膝盖上喂她粥吃，而他的12个绿林弟兄就围绕在旁边看着。粥碗在稍远一点儿的炉台上放着，马堤斯宽大的手很笨拙，一些稀粥都撒在地板上，另外，罗妮娅还时不时地推勺子，把一些粥溅到马堤斯的眼皮上。当绿林弟兄第一次大笑时，罗妮娅并不知道是怎么回事，她还被吓得哭了起来，但是她很快就明白她发现了好玩的事情，于是她又推了一次勺子，绿林弟兄再次开心地笑着，而马堤斯却有些不高兴，因为马堤斯总认为罗妮娅的一举一动都是与众不同，他自己也是独一无二的。

当洛维丝看到马堤斯把女儿放在他的膝盖上，而且他眼上沾满粥的时候，也忍不住笑了起来。

"亲爱的马堤斯，谁会相信你就是森林中不可一世的首领呢！要是波尔卡看到你，他一定会笑得忍不住撒尿。"

"我会教训他的，让他把尿裤子的毛病改过来。"马堤斯毫不在意地说。

波尔卡是他们的头号对头。波尔卡的父亲和祖父曾是马堤斯的父亲和祖父的仇敌，很久以前，波尔卡家族和马堤斯家族就有冤仇。他们一直都是抢劫财物的绿林强盗，那些有钱人赶着车马、带着财物经过他们所在的密林时都非常恐惧。

"上帝保佑我们能够顺利通过绿林走廊。"人们经常这样祈祷。他们所说的绿林走廊就指的是波尔卡森林和马堤斯森林之间的狭隘通道。那里经常有拦路抢劫的坏人，不是波尔卡的人就是马堤斯的人。也许对被抢的人来说他们都是强盗，没什么分别，但是对马堤斯和波尔卡来说分别就大了。他们为了那些财物打得你死我活，当抢来的财物不够分的时候，他们有时还彼此打斗。

然而罗妮娅一点儿都不知道这些事，她还太小。她不知道她的爸爸是一个可怕的绿林首领。在她的心里，他只是那个满脸长有胡子的可爱的马堤斯，他又笑又唱，开心地叫着，喂她吃粥，她非常喜欢他。

但是她一天天地长大了，开始逐渐了解周围的世界。有一段时间她一直以为那座石头大厅就是全部的世界。她在那里生活得很快乐。她坐在那张大桌子下面玩马堤斯给她带回来的松球和石子，而且石头大厅对一个孩子来说也是一个好地方，里面有很多好玩的东西，也教会孩子很多知识。罗妮娅特别喜欢听绿林弟兄晚上在火炉旁边唱歌，她在桌子底下静静地听着，竟然学会了所有的歌，然后她会用清亮的声音跟着大家一起唱，马堤斯对自己独一无二的女儿唱得那样动听感到很惊喜。她也学习舞蹈，当绿林弟兄高兴的时候，他们会像疯子一样地围绕大厅跳舞，而罗妮娅很快就学会了这些舞蹈。她蹦蹦跳跳，为了让马堤斯开心，她还学会了绿林鱼跃舞。之后当绿林弟兄坐在长桌边上喝啤酒解热的时候，马堤斯开始夸赞自己的女儿。

"她像小天使一样美，是吧？柔软的身体，明亮的眼睛，乌黑的头发。你们从未见到过这样漂亮的孩子，你们说对吧？"

绿林弟兄们点头赞同，但是罗妮娅静静地坐在桌子底下玩松球和石子。她看见绿林弟兄们毛茸茸的大脚时，就把他们的脚当作不听话的山羊玩，因为洛维丝到羊圈去挤奶时经常带着她，她觉得他们的脚很像那里的山羊。

但是小小年纪的罗妮娅并没有看到更多的事情，马堤斯城堡以外的事情她一无所知。突然有一天马堤斯想起了一件无论如何要办的事，虽然他很不情愿。

"洛维丝，"他对妻子说，"罗妮娅一定要学会如何在马堤斯森林里生存，让她出去吧！"

"真的？你总算说出来了，"洛维丝说，"我觉得早就应该这样做了。"

此后罗妮娅就可以在森林里自由活动了，不过马堤斯要告诉她几件必须注意的事情。

"你面对人面鹰身女妖、灰矮人和波尔卡强盗时要特别小心。"他叮嘱说。

"我怎么能区分出谁是女妖、谁是灰矮人和波尔卡强盗呢？"罗妮娅问。

"你会认出来的。"马堤斯说。

"那行吧。"罗妮娅回答说。

"你还要小心别在森林里迷路。"马堤斯又说。

"如果我在森林里迷了路该怎么办？"罗妮娅问。

"那就寻找正确的道路。"马堤斯回答。

"那行。"罗妮娅记下了。

"你还要小心别掉进河里。"马堤斯说。

"那如果我掉进河里怎么办呢？"罗妮娅问。

"赶紧游泳。"马堤斯说。

"好的。"罗妮娅说。

"还要注意千万别掉进地狱缝，"马堤斯提醒到。

他说的地狱缝是那道把马堤斯城堡分开的大裂缝。

"如果我万一掉进地狱缝怎么办呢？"罗妮娅问。

"那你就别想活了。"马堤斯说完，大吼一声，好像突然他心中充满了痛苦。

"那好吧，"罗妮娅在马堤斯大吼一声之后说，"我一定不会掉进地狱缝的。还有其他的吗？"

"肯定还会有的，"马堤斯说，"你以后都会看到。你走吧！"

二

罗妮娅走了。她很快就知道了她以前是多么无知，她怎么能认为石头大厅就是整个世界呢？雄伟的马堤斯城堡也不是整个世界，巍峨的马堤斯山也不会是整个世界，肯定不是，整个世界要大得多，大得她无法想象。当然她以前听马堤斯和洛维丝也讲过马堤斯城堡外面的事情，他们说过河流，但是只有她亲眼看到马堤斯山下波涛汹涌的河水时，她才明白河流是什么；他们也讲过森林，但是只有她亲眼看见瑟瑟作响、昏暗神秘的森林时，她才明白森林是什么。她会心一笑，为世界上还有河流和森林而开心。她几乎不敢相信，那里的树多么大，河多么宽，它们是那样充满生机。她怎么能不开心地笑起来呢！

她沿着小路向着原始森林一路走去，一直走到森林湖泊旁边。马堤斯提醒过不要走得太远。在茂密的云杉中间有一个湖泊，湖水黑黑的，只有在水面的睡莲泛着白光。罗妮娅并不知道那花叫睡莲，她只是一直看着那些花，对着那些儿花默默微笑。

她在湖边待了一天，做了很多过去从没做过的事情。她把松球扔进水里，当她发现只要用脚拍打水面就能使这些松球上下跳动的时候，她开心地笑了，她从未玩过这样好玩的游戏；当她用脚拍打水面的时候，她感到自己的脚既舒服又自由；而当她爬石头、爬树的时候，她觉得自己的脚更加舒适。湖泊周围有很多可以爬的长着苔藓的大石头和云杉，罗妮娅在那里爬，一直爬到太阳落在林海后。这时候她吃了一些放在皮口袋里的面包和牛奶，然后躺在苔藓上休息。她上空的树木在瑟瑟絮语，她就躺在树下，对着它们会心一笑，慢慢地睡着了。

当她醒来时，已经是深夜了。她看着树冠上空闪闪的群星，明白了：世界比她想象的要大得多。星星虽然看得见，但是够不着，怎样都够不着，她为此很伤心。

她在森林里的时间比她原想的长得多。她知道她要回家了，不然马堤斯要生气了。

只有倒映在湖水里的星星是闪着光亮的，周围的一切都是黑暗的。不过罗妮娅早已习惯黑暗，黑暗吓不倒她。冬夜的马堤斯城堡里，当炉火熄灭以后，是多么漆黑呀，比任何森林都黑，但是她并不害怕。

就在她准备回家的时候，她突然想起了皮袋子。皮袋子还放在她刚才吃饭的石头上，在黑暗里她爬到石头上去取。她突然想到站在那块大石头上她就离星星更近了，她伸出手想试着采几颗星星放在皮袋子里带回家去，但是够不到，她只好拿起皮袋子爬下来。

这时候她觉得有什么东西吓着她了。树木之间到处是闪亮的眼睛。啊，连那块石头周围也有一连串的眼睛盯着她。她一开始却没发现，以前她从来没有见过在黑暗中发光的眼睛，她讨厌那些眼睛。

"你们想干什么？"她大喊着。但是没有人回应。相反，眼睛越来越靠近她。那些眼睛继续一点儿一点儿地向她移动。她听到一种嘀咕的声音，就像老年人生气时发出的声音一样：

"全部灰矮人，这里有人，快过来咬她，过来打她！全部灰矮人，快过来咬她，过来打她！"

突然间他们都到石头跟前了，这些她从来没有见过的灰色妖怪想要伤害她。她看不到他们，只是觉得他们在那里。她浑身都起了鸡皮疙瘩。这时候她才知道了马堤斯口中的灰矮人有多么令人害怕，但是已经迟了。

这时他们用棍棒和其他东西敲打石头，令人讨厌的声响打破了夜空的平静。罗妮娅吓得大叫起来，她担心自己逃不走了。

在她喊叫时，灰矮人却停止敲打石头。然而这时她听到了更加可怕的声音：他们开始爬上那块石头，在黑暗里他们从周围聚拢过来。她听到他们用脚爬石头的声音和嘀咕声："全部灰矮人，快过来咬她，过来打她！"

这时罗妮娅吓得叫声更大了，她把手中的皮袋子朝四周猛打。她明白，他们马上就会爬到她身上，她会被咬死的。她在森林的第一天将会变成她人生中的最后一天。

突然在这时候，她听到一声大叫，这声愤怒的吼叫，只有马堤斯才能发出。对，她的父亲马堤斯赶来了，还有他的那些绿林弟兄们，他们的火把照亮了树林，马堤斯的吼叫声在树林中回荡。

"快滚，灰矮人！省得我亲手把你们打死，赶快滚开！"

这时罗妮娅听到了，那些矮小的身体从石头上咚咚地跳下去的声音。在火光中，她看到那些灰矮人逃进黑暗中。

于是罗妮娅坐在皮袋子上，沿着陡峭的石头滑下去，正好落在马堤斯身边。马堤斯把罗妮娅抱在怀里，罗妮娅扎在他的黑胡子里放声大哭，然后马堤斯把她抱回了城堡。

"你现在该明白灰矮人是什么了。"当他坐在火炉前烘着罗妮娅冷冰冰的双脚时说。

"对，我现在知道灰矮人是什么了。"罗妮娅回答说。

"但是你还不知道如何对付他们，"马堤斯说，"如果你害怕的话，他们会更厉害，即使在很远的地方他们就能感觉到。"

"是的，"洛维丝说，"世界上几乎一切事情都是这样，因此最好的对策是在马堤斯森林里勇敢。"

"我一定记在心里。"罗妮娅说。这时马堤斯叹了口气，紧紧地抱着罗妮娅。

"但是你还记得我要你更加小心的事情吗?"

她当然记得。此后她努力地锻炼自己的胆量,以免发生可怕的事情。马堤斯说不要掉到河里,她就去最危险的河边去练习,在光滑的石头上跑来跑去,在森林里不可能练出避免掉进河里的本领,只有波涛汹涌的河边才行。为了去激流那里,她必须爬过屹立在河边的马堤斯山,这样才能锻炼自己的胆量。第一次很难,她吓得不敢睁开眼睛。但是此后她的胆子逐渐大起来,她很快就弄清了她要踩的台阶在哪里,她的脚趾应该踩住什么地方,以免掉进激流里。

她想自己真幸运,能来到这样一个好地方,在这里既可以避免掉进激流里,又可以锻炼胆量。

此后她的日子就是这样度过的。罗妮娅比马堤斯和洛维丝他们想象的还要小心谨慎,锻炼的时候比他们想象的还要刻苦,最后她像一只矫健的小动物一样,变得敏捷、强健和无所畏惧。不怕灰矮人,不怕人面鹰身女妖,更不怕在森林里迷路,也不怕掉入河中。不过她还没学会怎样才能避免掉进地狱缝,但是她很快就能学会,她已经想过了。

她已经对马堤斯城堡了如指掌,她能找到任何一个阴森的大厅。除了她以外,有些地方还没有其他人到过,她在地下迷宫、漆黑的洞穴和地下室里行走也不会迷路。城堡里的秘密通道和森林里的羊肠小路她都很熟悉。不过她更喜欢待在森林里,白天她总是在那里玩耍嬉戏。

每当太阳下山,夜幕来临,火炉在石头大厅里生起的时候,她就要回家了。她经过一天的锻炼很疲倦。这时马堤斯和他的绿林弟兄也该回来了,罗妮娅会和他们坐在火炉前,一起唱绿林歌曲;但她对他们的抢劫生活却一无所知。她看到他们晚上骑马归来,马背上还驮着东西,口袋里、皮袋子里、箱子和柜子里都塞满各种各样的东西;但是没有人告诉过她,这些东西来自于哪里,她也从没有想过,就像她没有想过雨是从哪里来的一样。反正世界上有各种各样不同的东西,这些她都看到了。

有时候她会听到人们谈论到波尔卡强盗,这时她想起了他们也是她小心的对象,但是她却从来没见过他们。

"如果波尔卡并不坏,我也许就有些同情他了。"有一天晚上马堤斯说,"官府的人正在波尔卡森林中抓他,他没有片刻的安宁。他们很快就会把他从老窝赶出去。但是，他是个坏蛋，没什么可同情的，不过还是有些可怜！"

"波尔卡强盗是一群坏蛋。"斯卡洛·帕尔说，大家都同意他的话。

罗妮娅想，真是好运，马堤斯绿林弟兄的境况就好得多。她看着他们坐在长桌子旁喝汤，他们一个个满脸胡子，浑身污浊，吵架拌嘴，举止粗俗。但是她并没有听见人们叫他们坏蛋。斯卡洛·帕尔、谢格、帕尔叶、福尤索克、尤迪斯、尤恩、拉巴斯、克努塔斯、杜列、修莫、斯杜卡斯和里尔·克里奔，这些都是她的好伙伴，她知道他们为了她可以赴汤蹈火。

"谢天谢地，我们住在马堤斯城堡，"马堤斯说，"这里很安全，就像狐狸藏在窝里，老雕站在峭壁上一样。如果有几个不自量力的官兵胆敢进来，就让他们见鬼去，他们肯定落得这个下场！"

"连滚带爬地见鬼去。"斯卡洛·帕尔得意地说。所有的绿林弟兄都附和着，他们一说到那些胆敢闯进马堤斯城堡的人有多愚蠢时，便都笑起来了。马堤斯城堡在一个峭壁上，四面都是悬崖，只有南面有一条曲折的小路通往山下的森林里。但是马堤斯山三面都是悬崖峭壁，谁会愿意到这里爬山呢？绿林弟兄想到这里哈哈地笑了起来。因为他们并不清楚，罗妮娅经常去那里爬山来锻炼自己的胆量。

"如果他们爬上那条小道也会被阻拦在野狼关，"马堤斯自信地说，"我们会在那里用滚木擂石袭击他们，让他们尝到其他的苦头！"

"对，其他的苦头他们也会尝到，"斯卡洛·帕尔附和说。当他想到官兵会被如何阻拦在野狼关的时候，他笑了。"我这辈子打死了这么多狼，"他补充说，"但是我现在已经老了，除了我身上的跳蚤以外，什么都不能打死了，哈哈！"

罗妮娅知道，斯卡洛·帕尔老得快不行了，但是她不知道官兵和坏蛋为什么会和他们在野狼关打架呢？而且她也困了，不想想这些事了。她爬到床上，躺下来听洛维丝唱摇篮曲《狼之歌》，每天晚上当绿林弟兄去找同伴睡觉时，洛维丝都会唱这支歌。只有罗妮娅、马堤斯和洛维丝他们三个睡在石头大厅里。洛维丝唱这首歌的时候，罗妮娅就躺在床上透过床帐看炉火跳荡，直至熄灭。从罗妮娅记事时起，她的母亲就一直唱着《狼之歌》这首摇篮曲。她知道只要一听到这首歌就是睡觉的时间到了。但是在她闭上眼之前，她兴奋地想：

"明天天一亮我就要起床！"

东方刚一发白她就起床了。不论天气如何，她都要去森林。洛维丝为她在食品袋里装进面包，在皮袋子里装上牛奶。

"你是在电闪雷鸣之夜出生的孩子，"洛维丝说，"也是在女妖乱舞之夜出生的孩子，我知道这样的孩子会变野。不过你要特别小心，千万不要被人面鹰身女妖抓走！"

罗妮娅好几次看到人面鹰身女妖在森林上空盘旋，每当看到她们她都会迅速地躲藏起来。在马堤斯森林中，这种女妖最为可怕，马堤斯曾说过，如果你不想死的话，你就要特别小心她们。正是因为这个原因，马堤斯才一直不让罗妮娅离开城堡。女妖虽然长得很漂亮，但是她们却很猖狂、残忍。她们睁着狠毒的眼睛在森林的上空寻找目标，然后用尖爪把人抓得鲜血淋漓。

但是女妖却不能把罗妮娅从她的路上和她独自生活的地方吓跑。她是一个人孤零零在森林里生活，但是她谁也不想念。她会想念谁呢？她的生活都是幸福和快乐，只是时间过得太快：夏天离去，马上已经到了秋天。

夏秋交替的时候是女妖最活跃的时期。有一天她们在森林里追赶罗妮娅，她确实感到了危险。她飞快地跑着，就像一只狐狸。尽管她已熟悉森林里的躲避处，但是女妖紧追不舍，她听到她们在后面高声喊叫：

"哈哈，漂亮的小人儿，一会你会被抓得鲜血淋漓，哈哈！"

这时候她跳到湖里，从水底下向对岸游去。在对岸她露出水面，躲到一棵枝繁叶茂的云杉底下。她听到女妖寻找她时生气地在叫：

"小人儿在哪儿？她在哪儿？她在哪儿？只要你一出来我们就会把你撕烂，把你抓得鲜血淋漓，你的血会一直流，哈哈！"

罗妮娅躲在那儿一动也不动，一直到她们飞走之后才出来。这时候她不想继续待在森林里了，但是还没有天黑而且距离听洛维丝唱《狼之歌》还有一段时间，于是她想起了应该去做她思考了很长时间的一件事：她要去屋顶上，锻炼自己怎样才能不掉进地狱缝里。

她多次听其他人讲，在她出生的那天晚上，马堤斯城堡被雷劈成了两半。马堤斯不厌其烦地说过很多次。

"我的天啊,声音特别大!你也许听到了。对,你肯定听到了,那时你还是一个刚出生的小可怜虫。轰隆一声,我们的城堡就分成了两半,中间还裂开了一条大缝。不要忘了我说的话,千万不要掉进地狱缝里!"

她现在就去练习。人面鹰身女妖飞走以后,她正好有时间去做这件事。

她去过屋顶多次,但是从没到过那个张着大嘴,没有任何阻挡的可怕的大缝。这时候她趴在地上朝缝下看了看,啊,竟然比她想象的还要可怕。

她随手捡起一块松动的石头扔下去,当她听到从缝底下"咚"地声响时,被吓了一跳。声音特别大,离上边特别远。啊,一定要分外小心。但是把城堡隔成两部分的那条裂缝并不宽,用力一跳就可以过去。但是除了疯子,谁还会这样做呢?不会有人。用平常的方法锻炼锻炼自己的胆量不就可以了吗?她又朝下看了看,啊,真深啊!然后她又朝上面看了看,看从哪里跳更好。突然她看见一个东西,惊奇得差点儿掉下去。

地狱缝对面不远处坐着一个人,与她差不多大小,把腿伸到地狱缝里。

罗妮娅明白她并不是世界上仅有的孩子,但在马堤斯城堡和马堤斯森林里就只有她一个孩子。不过洛维丝曾经说过,在其他地方也有很多孩子。他们有两种,一种长大了会成为马堤斯那样的男人,而另一种长大了则就成为洛维丝那样的女人。罗妮娅最后会变成洛维丝那样的女人。但是罗妮娅感觉到,坐在那边把腿伸进地狱缝里的孩子长大后会变成马堤斯那样的男人。

他还没有注意到她。罗妮娅看着他。以为他在那里微笑。

三

他看到她了,这时候他也笑了起来。

"我知道你是谁,"他开口说,"你是那个老在森林里跑的绿林女儿,我曾经在那里见过你。"

"你是谁?"罗妮娅说,"为什么来这儿?"

"我叫毕尔克·波尔卡松,我就住在这儿。我们夜里搬来的。"

罗妮娅一直盯着他。

"你说的我们还有谁?"

"波尔卡、温迪斯、我还有我们12个绿林弟兄。"

过了好一阵她才明白他讲的这件可恶的事情,最后她说:

"你的意思是整个北城堡都住满了坏蛋吗?"

他笑了。

"不是的,住在那里的都是体面的波尔卡绿林弟兄。你那边才住着一群坏蛋,别人都这么说。"

天啊,别人都这么说,真不知羞愧!她感到很生气,不过更生气的事还在后头。

"此外,"毕尔克接着说,"那里不叫北城堡了。从今晚起改名为波尔卡山寨!你要好好记住!"

罗妮娅气得一句话都说不出来。波尔卡山寨!真的要把人给气死!波尔卡强盗真是帮大坏蛋!坐在那里正笑着的讨厌鬼就是他们中的一个。

"先别那么高兴,"她说,"等着瞧吧,马堤斯知道以后会把你们赶得屁滚尿流!"

"你是在痴人说梦罢了。"毕尔克说。

但是罗妮娅一想到马堤斯就犹豫了,她见到过马堤斯发怒时可怕的样子。她知道马堤斯这一次又会发怒了,她想到这里就大声叹息起来。

"你怎么了?"毕尔克说,"哪里不舒服吗?"

罗妮娅没有回答。她已经确切地听到了这个令人烦恼的消息,这回绝对要出事了。马堤斯的绿林弟兄们很快就回家了,那时就连波尔卡家里这样小的强盗都会被赶出马堤斯城堡,比他们住进城堡时的速度还要快!

她站起来准备走。不过她倒想看看毕尔克打算做什么。这个讨厌鬼真想跃过地狱缝吗?他站在她对面,看样子他要跳过来。罗妮娅喊了起来:

"你敢过来我就把你的猪鼻子打出血!"

"哈哈,"毕尔克笑了起来,突然一个箭步跳了过去。"要是你有胆量,你也跳啊。"他带着轻蔑的微笑说。

他怎么可以这样说？她实在忍受不了。他和他的强盗们在马堤斯城堡建立山寨已经是够让生气的了，怎么可以眼看一个波尔卡强盗跳过地狱缝，而另一个来自马堤斯城堡的人却自叹不如呢？

她也跳过去了。尽管开始她并不知道怎么跳，但是突然间她飞越过地狱缝，落在了另一边。

"你还挺聪明的。"毕尔克说着，很快又跳回去。但是罗妮娅却没有等他。她又一个箭步地跳回来。他站在那里，兴奋地看着她。

"你不是要把我的猪鼻子打出血吗？怎么不打了？"毕尔克说，"我现在就跳过来让你打。"

"我知道怎么办。"罗妮娅说。当他跳过来时。罗妮娅还是没等他，她又一次跳过去。她想，为了不让他靠近自己，她要一直跳，直到跳不动为止。

他俩都没有再说话，只是不停地跳呀，跳呀。两个孩子像疯了一样在地狱缝上跳个不停。除了喘气的声音以外，其他什么也听不见。只有墙上的乌鸦不时地呱呱地叫着，除此之外就是令人厌恶的沉默。马堤斯山好像整个都屏住呼吸，等着某种恐怖的事情发生。

"我俩马上就会掉进地狱缝里，"罗妮娅心想，"到时候谁也不会再跳了！"

这时候毕尔克又向她这边跳过来，她也又跳了过去。到底跳了多少次，已经不知道了，好像除了要避开毕尔克这个讨厌鬼来回地跳地狱缝之外，没有其他事情可干了。

突然她看见毕尔克正好落在缝边一块已经松动的石头上，他摔倒了大叫一声就消失在深渊中。

这时除了乌鸦的叫声以外，什么声音也没有了。她闭上眼睛，多么希望这天没有发生，没有毕尔克，没有他们来回跳的事。

最后她趴在地狱缝边，往深渊下边看。突然她看到了毕尔克：他正站在从裂开的墙上伸出来的一块石头或是横梁之类的东西上。他的脚刚好能踩在上边，不偏不倚，而他的下边就是可怕的地狱缝。他的手使劲抓住一个突出的石块，防止掉进深渊。他和罗妮娅都明白，如果没有人帮助他，他是爬不上来的，他只能在那里站着，直到筋疲力尽。他们都很清楚，从此以后世界上就再也没有毕尔克了。

"用手抓好。"罗妮娅大喊。

他带着一丝苦笑回答：

"好吧，反正也没其他事情可做！"

但是感觉出来，他好像害怕了。

罗妮娅解开挂在腰带上的皮绳。她在森林爬树时经常用这根皮绳。她把皮绳的一端系个大扣，而把另一端拴在自己的腰上，然后把皮绳慢慢放到毕尔克身边。她看到，当皮绳往下放的时候，毕尔克的眼里闪出了兴奋的光芒。啊，皮绳正好够长，这个讨厌鬼真幸运！

"如果可以的话，把皮绳套在你身上。"她说道，"我一喊，你就往上爬！我不喊你就别爬！"

在她出生的那天晚上，惊雷掀翻了墙顶上的一块大石头，刚落在裂缝旁边。罗妮娅就趴在那块石头后边，喊道：

"开始爬！"

突然她就感到腰上的皮绳被拉紧了。真痛啊！当毕尔克向上爬的时候，皮绳每被拉动一下，她就会痛一次。

"再这样下去，我就和马堤斯城堡一样变成两部分了。"她心里想。她忍着不喊出声来。

突然疼痛消失了，毕尔克上来了站在那里望着她。她躺了下来，感到勉强还能呼吸。这时候毕尔克说：

"啊，你在这里躺着！"

"对，我在这里躺着，"罗妮娅问，"你还跳不跳？"

"还要跳一次，得跳到对面去。你知道，我现在得回波尔卡山寨了！"

"先把皮绳从你身上拿下来，"罗妮娅一边说着，一边从地上爬起来，"我可不想无缘无故地和你拴在一起。"

他解下皮绳。

"当然，"他说，"不过以后我可能就用无形的绳子拴在你身上了。"

"谁愿意跟你拴在一起，"罗妮娅生气地说，"你和你的波尔卡山寨都滚远远的吧！"

她紧握了拳头，用拳头顶着他的鼻子。

但是他微笑着说。

"我劝你还是不要这样做！不过你是个好心人，谢谢你刚才的帮助！"

"滚吧，我再说一遍。"罗妮娅说完头也不回地跑了。但是当她走上从墙顶通向马堤斯城堡的阶梯上时，她听到毕尔克在喊：

"喂，绿林女儿，我们还可以再次相见吧？"

她转过头来，看着他再次跳过去。喊道：

"真希望你再掉下去，坏蛋！"

事情比她想象的还要糟。马堤斯知道后大发雷霆，连他的绿林弟兄都被吓坏了。

但开始并没有人相信她，这是马堤斯第一次生她的气。

"有时候你说一两句瞎话还挺让人开心的，但是这种瞎话可千万不能说。波尔卡强盗住在马堤斯城堡上了——你肯定瞎说！我的肺都要气炸了，尽管我知道这肯定不是真的。"

"我没有瞎说。"罗妮娅反驳道。她再说了一遍她从毕尔克那里得到的消息。

"你说谎，"马堤斯说，"首先波尔卡没有男孩子。我听说他永远也不会有。"

绿林弟兄都没有开口，没有人敢说话。但是最后福尤素克开口了：

"他已经有了一个男孩。你还记得那个电闪雷鸣的夜晚吧？我们生了罗妮娅，温迪斯在那边生了个男孩。"

马堤斯瞪着眼睛看着他。

"为什么没人告诉我呢？还有什么我不知道的坏事吗？"

他怒气冲冲地朝四周看着，然后大叫一声，两手各拿起一个啤酒杯朝墙上摔去，啤酒溅得到处都是。

"波尔卡的狗崽子在马堤斯城堡上面来回转吗？罗妮娅，你跟他说话了吗？"

"他先跟我说话的。"罗妮娅回答。

马堤斯再次大吼一声，把长桌子上的烤羊肉往墙上扔了过去，肉汁溅得到处都是。

"也是那个狗崽子告诉你，他父亲和他那些强盗都搬进了北城堡，是吗?"

罗妮娅确实担心马堤斯在听完她的话之前就会失去理智。但是现在马堤斯生气很有必要,以便把波尔卡强盗赶出去,所以她说:

"对,他说那里现在叫波尔卡山寨,还叫我好好记住!"

马堤斯大吼一声,又拿起炉子上的汤锅往墙上扔去,汤也溅得到处都是。

洛维丝一直默默地坐在那里,听着,看着。不过这时候她生气了,她端起一碗刚从鸡窝捡来的鸡蛋走到马堤斯面前。

"这儿里还有,"她说,"但是你要记住,摔完了自己打扫干净!"

马堤斯接过鸡蛋,疯狂的吼叫着,把它们一个接一个地摔在墙上,蛋黄淌得哪儿都是。

这时候他哭了。

"这里原本很安全,就像狐狸藏在窝里、老雕站在峭壁上一样的安全。可是现在……"

他扑在地板上,一个大男人竟躺在那里哭闹起来。最后洛维丝只得安慰他。

"不要这样,"她说,"假如你的皮袄上长了虱子,你躺在地上哭有什么用!还不如站起来想办法!"

绿林弟兄们坐在桌子旁已经饿坏了。洛维丝捡回烤羊肉把它放在桌子上,擦掉上面的泥。

"烤羊肉这回更烂了,"她一边风趣地说着,一边为绿林弟兄切下一块块厚厚的羊肉。

马堤斯气呼呼地走过去,也坐在桌子旁边。不过他并没有吃。他抱着又黑又乱的头发,默默地抱怨,不时长叹一声,整个石头大厅都能听见。

这时候罗妮娅走到他旁边,抱住他的脖子,把他的脸颊紧贴在自己的脸颊上。

"别生气了,"她安慰着他,"把他们赶走就行!"

"不容易啊。"马堤斯叹口气说。

他们整个晚上都坐在火炉旁边考虑对策:怎样消灭皮袄上的虱子呢?怎样在波尔卡的人马还没站稳的时候,就把他们赶走呢?这都是马堤斯要考虑的。但是他首先要知道那些狡猾的狐狸、那些偷东西的癞皮狗是怎么进入北城堡而不让任何一个绿林弟兄看见？任何骑马或步行进入马堤斯城堡的人都必须经过野狼关，那里日夜都有人看守。但并没有人发现波尔卡人马的影子。

斯卡洛·帕尔狡猾地一笑。

"马堤斯，你真的相信他们会像散步一样悠闲地通过野狼关，并且客气地说：'请让让路，好伙伴们，今天夜里我们要搬进北城堡？'"

"你是机灵鬼，你说他们会选择哪条路？"

"他们不可能通过野狼关和城堡的大门的，"斯卡洛·帕尔说，"一定是从北面，我们没有在北面设防。"

"我们为什么要在北面设防呢？那里没有通向城堡的路，只有一座峭壁。难道他们会和苍蝇一样直接飞上去？然后从一两个小小的射击孔爬进去吗？"

这时候他好像突然想起了什么，睁着眼睛盯着罗妮娅。

"不过你为什么去城堡顶上？"

"我去练习怎样才不会掉进地狱缝。"罗妮娅回答说。

她真后悔当时为什么没有详细问一问毕尔克。如果她问了，他很可能会告诉她波尔卡的人马是如何进入北城堡的，但是现在想起来已经来不及了。

夜晚，马堤斯不仅在野狼关上面而且在房顶上也派了岗哨。

"波尔卡强盗太贪心了，"他说，"他可能会像一头野牛一样跃过地狱缝，把我们都赶出马堤斯城堡。"

他拿起一个啤酒杯，使劲地朝墙上扔过去，啤酒洒得满石头大厅都是。

"我要休息去了，洛维丝！不过不是为了睡觉，是为了思考和咒骂。谁敢打扰我，谁就是找死！"

罗妮娅整个晚上都没有睡着。她感觉突然间一切都那么忧伤和烦恼。怎么会这样呢？那个毕尔克，她第一次看见他的时候，她是很兴奋的。她好不容易遇到一个年龄相当的孩子，为什么他会是一个令人厌恶的波尔卡小强盗呢？

四

第二天早晨罗妮娅很早就醒了。这时她的父亲早已经坐在桌子旁边吃麦片粥。他吃得很慢，把勺子心不在焉地送到嘴边，有时竟忘记张嘴了，他真的没有一点胃口。但是更坏的事还在后头，这时夜里和斯杜卡斯和谢格一起在地狱缝站岗的里尔·克里奔跑进石头大厅大喊道：

"波尔卡在等着你，马堤斯！他在地狱缝的另一边说要马上跟你讲话！"

然后里尔·克里奔很快闪到一旁，他的做法很聪明，因为转眼间马堤斯手里的木头粥碗就擦着他的耳朵飞撞到墙上，粥洒得到处都是。

"你要自己打扫干净。"洛维丝严肃地说，但是马堤斯就跟没听到一样。

"行啊，波尔卡要跟我说话！真见鬼，这次让他讲个够，以后就不用再讲了！永远也别想再讲了。"马堤斯咬牙切齿地说。

这时候其他的绿林弟兄吵吵嚷嚷地从卧室里走出来，他们很想知道到底怎么了。

"你们赶快把粥喝了，"马堤斯说，"因为我们一会儿要去抓住一头野牛的犄角，再把它扔到地狱缝里！"

罗妮娅很快地穿好了衣服，因为她除了在衬衣外面套上一件小马皮做的连衣裤以外，不需要再穿别的衣服了。在下雪之前她每天都光着脚。现在情况紧急，她用不着把时间花在穿靴子和袜子上。

如果是往常，她很快就到森林里去。但是今天不一样，她要到城堡顶上去看热闹。

马堤斯催促着绿林弟兄们，他们还没喝完粥就出发了，甚至连洛维丝和罗妮娅也兴冲冲地踏上通向城堡顶的石阶。只剩下斯卡洛·帕尔一人坐在粥盆旁边，感叹自己年老体弱，再也不能参与纷争了。

"房子里台阶太多了，"他说，"我已经走不动了。"

这是一个晴朗却严寒的早上。太阳把第一道火红的光芒照在马堤斯城堡旁的森林上。罗妮娅在墙顶上看着四周的景色，下面就是她自己的宁静、充满绿色的世界。她喜欢待在那里，而并不喜欢待在地狱缝旁边。马堤斯的绿林弟兄和波尔卡的绿林弟兄们分站两边都严阵以待。

"啊，那个大坏蛋原来是那副样子，"当她看见波尔卡叉开腿毫不在意地站在他的绿林弟兄前面的时候想，"谢天谢地，他没有马堤斯那样魁梧、帅气。"但是他看起来却很强壮，这一点不能不承认。他的个子的确不高，但是肩宽体阔，他的红头发乱糟糟地分向四周。他旁边的人也长着红头发，但是他的红头发梳得很光，就像一顶铜盔戴在头上。啊，那是毕尔克，他似乎觉得这件事很有趣。他悄悄地向她招手，好像他们是老朋友一样，这个小坏蛋说不定就是这样想的。

"很好，马堤斯，你来得挺快的。"波尔卡先开口说。

马堤斯怒视着自己的敌人。

"我原本该早一点儿来，"他说，"但是我必须得先办好一件事。"

"什么事情？"波尔卡很有绅士风度地问。

"我早上要作一首诗。题目叫'悼念一位波尔卡强盗的哀歌'。当温迪斯成了寡妇的时候，这首诗还可以给她一些安慰！"

波尔卡原以为马堤斯是和他商量问题的，并不会为波尔卡山寨的事和他争吵。但是他发现自己完全想错了，这时他也生气了。

"你应该多想想怎么安慰洛维丝，她要耐着性子整天听你吹牛皮。"

而要得到安慰的温迪斯和洛维丝把手放在胸前分别站在地狱缝两边互相对视，看样子她俩谁也不需要安慰了。

"你听我说，马堤斯，"波尔卡说，"我们不能再在波尔卡森林住了。官兵一直在那里搜捕，就像讨厌苍蝇一样在那里来回转，我的妻子、孩子还有我的绿林弟兄总得有个安身之所。"

"情况也许是这样的，"马堤斯说，"但是你一声不吭地就抢占了一个地方，任何一个有修养的人都不会做这样的事情。"

"从一个强盗嘴里竟能讲出这样好听的话，"波尔卡说，"你拿人家东西又问过谁呢？"

"这个……"马堤斯无话可说。他确实被问得无言以对。罗妮娅有点茫然。哪些东西马堤斯没经别人同意就拿走了呢？她一定要弄清楚。

"废话少说，"马堤斯沉默了一阵儿说，"我想知道你们是如何进入城堡的，因为我们还可以把你们从原路赶出去。"

"你真是痴心妄想。"波尔卡说，"我们是如何进来的？你看，我们有一个能攀登峭壁的小将，他带着一根非常结实的绳子爬上去，绳子就像他的尾巴一样。"

他摸着毕尔克的满头红发，毕尔克则安静地笑着。

"然后他把绳子拴好，我们就一个接一个地往上爬。这样我们就能进入城堡，为我们找了一个很好的住所。"

"据我所知，北面是没有门的。"

"这个城堡的事你还有很多不知道，尽管你一辈子在这儿住！喂，你还记得吗？最初住在这里的是大户人家，女仆们那是有个小门，喂猪时她们就走那个门。你一定还记得你小的时候猪圈在的地方。我们经常在那里捉老鼠，有一次你父亲走到我们面前打了我一个耳光，那时我觉得我的脑袋好像都被打掉了。从那以后，我们再也不在一起玩了。"

"啊，我的父亲打得真好！"马堤斯说，"他无论在哪碰上波尔卡家族的坏蛋，都不会放过他们的！"

"不错，"波尔卡说，"这个耳光也让我明白了。所有马堤斯家族的人都是我的敌人。刚开始我并不知道，我们是不同的家族的人，你大概也不清楚！"

"但是现在我明白了，"马堤斯说，"现在有两条路可供选择，一条是给被打死的波尔卡强盗唱哀歌，另一条是你和你的一伙人原路离开马堤斯城堡。"

"可能要为两个人唱哀歌了，"波尔卡说，"我打算在波尔卡城堡立足，我决定要待在那里。"

"那就等着瞧吧。"马堤斯说。他的绿林弟兄们大声吵闹着，他们想先下手为强，但波尔卡的人也全身戒备，如果地狱缝旁边有一场冲突对大家都不会有好处的。马堤斯和波尔卡都明白这一点，所以他们像以往那样相互骂了一会儿后就各自散开了。

当马堤斯回到石头大厅的时候，并不像一个胜利者，他的绿林弟兄也全是这样。斯卡洛·帕尔默默地看着他们，然后张开没有牙齿的嘴狡黠地笑着。

"那头野牛，"他说，"那头你们要抓住犄角扔到地狱缝里的野牛，我肯定扔下去后一定会发出扑通一声响，整个马堤斯城堡都会被震动起来，对不对？"

"如果你还嚼得动的话，赶快把你的粥给吃了。"马堤斯说，"时候到了我一定会收拾他们。"

但是现在他们还不会动手，所以罗妮娅赶快去野外。现在白天已经短了，再过几个小时太阳就要下山了，但是天黑之前她还是想到森林和湖泊中去。湖水在阳光下波光粼粼，看起来就像闪耀的金子一样。罗妮娅知道金子是假的，水是冰凉的。不过她还是很快脱掉衣服，把头浸到水里。她先是大叫了一声，但后来就开心地笑了起来，她在湖中游泳和潜水，直到全身都发抖了。她才打着哆嗦着穿上皮罩衣，但是还是感到很冷，她必须跑起来才能使自己暖和起来。她像疯了一样在树木和石头之间来回跑着，直到驱散寒冷，双颊发热。她越跑越高兴。她一边欢乐地叫喊着，一边在一两棵枝繁叶茂的云杉树之间奔跑，恰好在那里碰上毕尔克。这时她觉得浑身又冷了起来。真讨厌，在树林中她都不得清静！

"小心点儿，绿林女儿，"毕尔克开口说，"你并不需要这样忙！"

"我多忙关你什么事。"罗妮娅没好气地回答，然后又跑起来。但是她却放慢了速度，她突然想到，应该悄悄地跟过去，看看毕尔克在她的森林里都干些什么。

他蹲在她的狐狸窝旁边，她更加地生气了，因为这是她的狐狸。从今年春天小狐狸出生起，她就在一直看着它们。现在小狐狸长大了，但是它们还是很可爱。它们在窝外边蹦蹦跳跳，互相打闹，毕尔克就蹲在那里看着它们。他背朝着她，然而不知怎的，他还是看到她待在他的身后，他高声叫着，但是并没有转过头来。

"你在干什么，绿林女儿？"

"我不让你碰我的小狐狸，你赶快离开我的森林！"

这时候他站起来，走到她的旁边来。

"你的小狐狸？你的森林？小狐狸属于它们自己，你知道吗？它们在狐狸的森林里生活，就像狼的森林、熊的森林、麋鹿的森林和野马的森林一样，这也是猫头鹰、秃鹰、野鸽、雕和杜鹃的森林，同样也是蜗牛、蜘蛛和蚂蚁的森林。”

"我认得这个森林里的一切动物，"罗妮娅说，"用不着你来教我！"

"那你就应该懂得，这里也是人面鹰身女妖、灰矮人、小人熊和夜魅的森林！"

"你能说一点新鲜的东西吗，"罗妮娅说，"说一点你知道而我不知道的事儿。不然你就闭上你的嘴！"

"另外，这也是我的森林还是你的森林，绿林女儿，这也是你的森林！但是如果你想独自占有，那你就比第一次给我的印象愚蠢多了。"

他看着她，他亮亮的蓝眼睛因为生气而变得暗淡，看得出来他并不喜欢她，不过她反倒感到幸运。随他去吧。她想回家了，不想再看到他。

"我想和狐狸、猫头鹰，还有蜘蛛共有森林，就是不想和你共有。"说完她头也不回地就走了。

此时她看见浓雾笼罩着森林，茫茫雾气从地面上升，之后在树木中翻腾。突然间太阳沉了下去，金色的光芒消失了，这时她既看不到路，也没有看到石头。但是她心里并不害怕，在迷雾中她也能回到马堤斯城堡，在洛维丝唱《狼之歌》之前肯定能回到家中。

可是毕尔克会吗？在波尔卡森林他也许可以找到任何一条路，但是他并不怎么熟悉马堤斯森林。啊，他可能只得跟狐狸待在一起，直到第二天浓雾散尽。

突然她听见他在雾里喊她：

"罗妮娅！"

啊，他连她自己的名子都知道！他不像过去那样只叫她绿林女儿！

他又叫了她一次：

"罗妮娅！"

"干什么？"她回应道。但是这时他已经赶到她身边了。

"我有些害怕这些雾气。"他说。

"啊，你担心找不到你的强盗窝了吧？那么你就住在狐狸窝里吧，你不是挺喜欢和它们呆在一起吗？"

毕尔克笑了起来。

"你的心真比石头还坚硬，绿林女儿！不过你比我熟悉马堤斯森林。我能拉着你的罩衣角和你一起走出这里吗？"

"不能。"罗妮娅回答。但是她还是解开那根曾经救过他的皮绳，把一头递给他。

"接着！不过你最好和我保持一根绳子长的距离！"

"就按你说的做，生气的绿林女儿。"毕尔克接着说。

他们在森林中行进。浓雾把他们紧紧地包围住，他们默默地走着——照罗妮娅要求的那样，他们保持一根皮绳长的距离。

他们一点儿不敢远离小路，因为一步走错就会在浓雾中迷失方向，罗妮娅清楚地明白这点。但她并不害怕，她凭着手和脚的感觉她也能往前走，石头、树和灌木丛都是她的路标。尽管他们走得很慢，但是在洛维丝唱《狼之歌》以前她应该可以回到家，她不用担心。

她从来没有走过这样奇怪的路。森林中所有生命似乎都不存在了。她感到很奇怪，她相熟和喜爱的森林在哪？森林怎么寂静得令人可怕？浓雾中藏着什么？那里有一种既陌生又可怕的东西，但是她并不知道是什么，她心里特别害怕。

"很快就到家了，"她安慰自己说，"我很快就能听洛维丝唱《狼之歌》了。"

但是这种安慰没用，她又害怕了，她以前从来没有如此害怕过。她叫了叫毕尔克，但是叫声很轻，听起来非常奇怪，她更加地恐惧。"太恐怖了，"她心想，"我要完了！"

这时从浓雾里飘来一支优美的乐曲。这是一首歌，而且是一首最好听的歌，她之前从未听到过这样好的曲子。啊，太动听了，整个森林都飘荡着它的优美旋律！歌声赶走了恐惧，也安慰着她。她静静地站在那里，听着安慰自己的歌声。多么动听啊！这歌声太有引诱力了！她觉得唱歌的人想让她远离小路，跟着这诱人的声音进入浓雾。

歌声越来越大，使她的心都飘了出去，她马上忘了家里还在等待着她的《狼之歌》。她忘记了一切，她一定要到浓雾中唱歌的人那里去。

"我马上就去。"她喊叫着,离开了小路。但是这时候皮绳突然用力一拉,把她拉倒了。

"你要去哪儿?"毕尔克大叫着,"如果你被地魔引诱去,你命就没了,知道吗?"

她曾经听说过地魔。在有雾的时候他们就从漆黑的洞里走到森林里。她从来没有遇到过他们,但是现在她只想跟着他们,只要能听见他们的歌声,就是让她一辈子生活在地下都可以。

"好,这就去。"她又喊了一次,准备要走。但是毕尔克在那里紧紧拉住她不放。

"放开我。"她大叫着,用力挣扎着。但是毕尔克就是不松手。

"你不要做傻事。"他大声说。可是因为她被歌声所吸引并不听他的劝告,而且歌声那样大,整个森林都听到了,她无法抗拒歌声诱惑。

"好,我这就去。"她再次喊叫着,为了挣开毕尔克,她用尽全力地打他。她又抓又打,又哭又闹,还狠狠地咬他的脸颊,但毕尔克仍然紧紧拉住她。

毕尔克一直拉住她不放。就在突然间浓雾飘走了,和来的时候那样快,而同时歌声也停了。罗妮娅看向四周,就像从梦中醒来一样。她看着回家的小路,看着林海后边正在落山的火红太阳,看着毕尔克,毕尔克正紧紧靠着她站着。

"我说过要保持一根皮绳远的距离。"她提醒他。突然她看见他的脸流血了,问道:

"你被狐狸咬了?"

毕尔克并没有回答,只是卷起皮绳递给她。

"谢谢!现在我自己可以走回波尔卡山寨了!"

罗妮娅悄悄地看着他。突然间觉得对他再也没有了仇恨,但她并不知道原因。

"快滚吧。"她友好地说,然后就跑了。

五

那天晚上罗妮娅和马堤斯在火炉旁边坐着，突然她想起了她要知道的事情。

"那次波尔卡说，你不经人家同意就拿人家的东西，是什么东西？"

"唉呀，"马堤斯说，"我刚才真担心在雾中你会找不到家，我的罗妮娅！"

"不过我还是回来了，"罗妮娅说，"你说，你没经别人同意拿别人什么东西啊？"

"你看，"马堤斯兴奋地指着火焰说，"你瞧，那里好像有个老头儿！他跟波尔卡长得真像啊，哎呀，哎呀！"

但是罗妮娅从火焰中并没有看见波尔卡，她也不想想这些事。

"你没经别人同意拿了什么东西？"她继续问道。

马堤斯没有说话，斯卡洛·帕尔替他说了。

"很多很多！哎呀，太多了！我说给你听……"

"别说了，用不着你多嘴，"马堤斯生气地说，"我自己说！"

除了斯卡洛·帕尔外，其他的绿林弟兄都睡觉去了，洛维丝也到外边去看看鸡、山羊和绵羊睡得好不好，因此只剩下斯卡洛·帕尔一个人能听见马堤斯给罗妮娅解释什么是绿林。绿林就是不问别人，也不经别人同意，就拿走别人东西的人。

马堤斯从不认为这样做有什么不对，正相反，他为自己是天下森林中最强悍的绿林首领而骄傲，但是当他要告诉罗妮娅的时候，却有点儿不好开口了。当然他想让她慢慢地知道这些事情，这样做肯定是必须的。但是他想过一段时间以后再提这些事。

"我的罗妮娅，你还是一个不懂事的孩子，所以过去我对你讲得很少。"

"没有，你一个字也没有提过，"斯卡洛·帕尔肯定地说道，"你也不让我们讲！"

"老伙计，你最好赶紧睡觉，行不行?"马堤斯说。但是斯卡洛·帕尔说他不想去睡觉。他想在这儿听着。

罗妮娅明白了。现在她总算弄清了真相。绿林弟兄晚上骑着马归来时，马背上所有的东西——口袋里、包袱里的东西，还有箱子里、柜子里的珍宝——都不是在树上长的，而是她的父亲轻松地从其他人那里抢来的。

"但是抢别人的东西时，别人难到不会生气吗?"罗妮娅问道。

斯卡洛·帕尔狡黠地笑着。

"他们一会气得大声喊叫，"他说，"而且……而且……而且……你接着往下听吧!"

"老伙计，你最好现在赶快去睡觉吧。"马堤斯再次说。但是斯卡洛·帕尔仍然不想去睡觉。

"有些人被抢了以后还哭呢。"他又罗妮娅说。但是突然这时马堤斯大声叫起来。

"你别乱说，否则我就把你赶出去!"

然后他抚摸着罗妮娅的脸颊说。

"你要清楚，罗妮娅! 可以这样做的。以前绿林好汉就是这样做的，没有什么可质疑的。"

"不，不是那样的，"斯卡洛·帕尔说，"谁都不会心甘情愿让自己的东西被抢走。他们会气得哭叫着、骂着，看起来可悲惨了!"

马堤斯生气地看着他，但是他又转过头来对罗妮娅说:

"我的父亲就是绿林首领，而且我的祖父、曾祖父都是绿林首领，这你都清楚。我没有给祖先丢人。我也是绿林首领，而且是森林中最强大的首领。你也会成为首领，我的罗妮娅!"

"我?"罗妮娅叫了起来，"永远不可能! 我永远不想把别人气哭!"

马堤斯挠着头，心里不安起来。他本来以为罗妮娅会喜欢他、爱他，就像他喜爱她一样。而这时候她竟然说"永远不会"，她不想像她父亲一样成为首领，这使他很不高兴。他一定要想办法使她觉得他做的事情是天经地义的。

"听我说，罗妮娅，我只抢富人的东西。"他思考了一会儿说。

“然后我就把东西分给穷人，我真的是这样做的。”

此时斯卡洛·帕尔狡猾地笑了。

“嗯，是这样！你曾经把一整袋面粉送给一位有着八个孩子的寡妇，你还记得吗？”

“当然记得，”马堤斯说，“我记得很清楚。”

他高兴地摸着自己的黑胡子。这时他不仅很得意，而且对斯卡洛·帕尔也很满意。

斯卡洛·帕尔又一次狡猾地笑了。

“你的记性可真好啊，马堤斯！啊，这正好是十年前的事情。不错，十年才给穷人一次东西。”

这时候马堤斯气得大叫起来。

“如果你现在还不赶紧去睡觉，我就让别人帮助你躺到床上去。”

但是不需要了。因为这时洛维丝进来了。斯卡洛·帕尔就自觉地走了。罗妮娅躺在床上睡觉了，洛维丝唱着《狼之歌》，炉火也慢慢熄灭了。罗妮娅在床上听着摇篮曲，她不再想这件事了。他是她的父亲，不论他做什么，她都一直喜欢他。

这一夜她睡得很不好，做了很多噩梦，她梦到地魔和他们诱人的歌声，但她醒了以后什么都忘记了。

但她还记得毕尔克。之后的几天她有时候想起他，她想知道他在波尔卡山寨生活的情况。她也想知道要过多久马堤斯才能把他的父亲和他的绿林弟兄赶出城堡。

马堤斯每天都在制定全新的计划，但是没有一项有意义。

“没用的，”不管马堤斯怎样想办法，斯卡洛·帕尔都会这样说，“你要像一只母狐狸那样狡猾，但是用武力是不行的。”

马堤斯虽然不像母狐狸那样狡猾，但他也竭尽全力了。在这期间他们出去抢劫的并不多。波尔卡的绿林弟兄也在忙干其他的事情。这段时间来经过绿林走廊的人都感到很奇怪，为什么绿林都没出来抢劫。他们不清楚这条路为什么这样平静，那些绿林们都去哪儿了？那些想方设法追捕波尔卡的官兵找到了他以前的住处，但那里空无一人，连一个波尔卡绿林的影子也看不到，不过他们却很高兴，因为他们终于可以交差了，可以离开波尔卡森林了，这里的秋天阴暗、寒冷和多雨。虽然他们也知道远处马堤斯森林里也有绿林，但是他们不愿意记在心上。因为没有比那里的条件更坏的地方了，而且要捉到住在那里的绿林比捉峭壁上的雕还难。所以他们宁愿让那些绿林们逍遥法外。

马堤斯的绝大部分时间都用在观察北城堡内波尔卡绿林弟兄的活动和想办法去接近他们，而且每天都去侦察。他骑马带着一两个弟兄在北城堡附近的森林里来回转悠，但是连敌人的影子也没看见。那里平时死一般的沉静，好像波尔卡的人不存在一样。不过那里却有一根很长的绳梯，人们可以轻松地从城堡顶部上来下去。马堤斯见过绳梯放下来一次。那时候他失去了理智，疯了一样得跑过去，想沿着梯子爬上去，他的绿林弟兄也斗志昂扬地跟着他。突然这时箭头像雨点一样从波尔卡山寨的射击孔里发出来，里尔·克里奔腿上中了箭，躺在床上两天。很显然，绳梯只有在严密的警戒下才会放下来。

秋天的寒冷笼罩着马堤斯山，绿林弟兄待在家里感到特别无聊。他们比平时更加吵闹，所以洛维丝不得不警告他们：

"你们快要把我的耳朵吵聋了。如果你们再不安静下来，就都滚出去！"

于是他们安静了下来。洛维丝给他们安排了各种工作，例如打扫鸡窝和羊圈。尽管他们心里有些不情愿，但是除了年纪大的斯卡洛·帕尔和在野狼关、地狱缝站岗放哨的人外，没有一个人敢溜掉。

马堤斯也尽量使自己的绿林弟兄有事做。他带着他们手持弓箭，到秋季的森林里去打猎，当他们带着四只大大的公麋鹿回家时，斯卡洛·帕尔兴奋得笑起来。

"总是喝鸡汤、羊肉汤和粥可不行，"他说，"现在总算有吃的了，煮得最烂的肉应该让给没牙的人吃，你们都知道这个道理。"

洛维丝负责烤鹿肉、熏鹿肉和腌鹿肉，这些吃的再加上带骨头的鸡肉和羊肉足够满足整个冬天的需要。

像平时一样，罗妮娅待在森林里。那里很寂静，而且她也喜欢秋季的森林。她踩着潮湿、嫩绿和松软的苔藓，整个森林散发着芳香的味道，树枝上的露水晶莹发亮，秋雨很多。她喜欢坐在枝叶茂密的云杉底下听淅沥的雨点声，她喜欢大雨倾盆，森林被雨浇得哗哗响的景象。人们在秋季看不见很多野兽。狐狸在窝里呆着；有时候在傍晚能看见麋鹿跑过；也能看见野马在树林里吃草。她很想为自己捉一匹野马，但试了很多次，却一次也没有成功。那些野马非常胆小，肯定难以驯养。她确实该有一匹马了。她也跟马堤斯提过这件事。

"好呀，等你有力气的时候去捉一匹吧。"他回答说。

"将来我一定会的，"她想，"我要捉一匹美丽的马驹，带它到马堤斯城堡，像马堤斯驯养自己的马那样驯养它。"

秋季的森林空荡荡的，空的令人惊奇。平时待在那里的一切有生命的物种都不见了。它们可能都躲起来了。偶尔有几个人面鹰身女妖从山上飞下，但是好像也不是很凶，她们大都待在自己的山洞里；灰矮人也消失了，罗妮娅只看见过他们一次，他们在一块石头后面来回转。不过她现在已经不害怕他们了。

"快走开。"她喊叫着。于是他们拖着嘶哑的声音躲到其他地方去了。

在森林里她一直没有见过毕尔克。也许这反而使她感到高兴。不过到底是真高兴还是假高兴，有时她自己也不知道。

冬天到了。雪花飘落，寒冷来临，霜把罗妮娅的森林变成冰的森林，这是她见到过的最美丽的森林。她在那里滑雪，傍晚回家时她的发丝上带着冰雪，虽然戴着皮手套、穿着皮靴子，她的手指甲和脚指甲仍然冻得像要裂开一样，但是寒冷和冰雪却并不能把她和森林分开。第二天她又去了。当马堤斯看着她沿着山坡滑向野狼关的时候，他有时也会担心起来。他还是像平时那样对洛维丝说：

"希望一切顺利！她千万不要出什么危险！假如她有什么危险，我就不想活了！"

"你瞎说什么，"洛维丝说，"她比任何一位绿林弟兄都会照看自己，还需要我说多少次你才能明白！"

罗妮娅的确会照料自己。但是不过有一天发生的事最好不要瞒着马堤斯。

晚上又下了很大的雪，罗妮娅每一条滑雪道都被破坏了。她需要滑出新的滑雪道，这是很麻烦的。寒冷的天气使雪面上结了一层薄冰，但是冰特别不结实，冰层一直地破裂，最后她确实滑不动了。这时候她想回家了。

她滑到一个山坡上，想从山坡滑到另一边。山坡非常陡，但是她可以利用滑雪杖减低速度。中途有一个山疙瘩，她起身越了过去，但是在飞越中一只滑雪板从她脚上掉了下来，当她落地的时候，脚便深深地扎进雪里。她看见一只滑雪板掉到山疙瘩下边了，而那只脚光着，身体陷进雪窝里，一直陷到膝盖。刚开始她感觉很好笑，但是当她发现自己的处境多么危险的时候，她就笑不出来了。不管她如何用力挣扎，都无法从雪窝中爬出来。她听到雪窝下有谁在小声说话，一开始她不知道怎么了，但是这时，她看见一群小人熊从不远处的雪中爬出来。它们宽大的屁股、又小又皱的脸庞和树枝一样的头发很容易识别。一般情况下，小人熊很温顺、很老实，不做坏事。但是这群小人熊却不一样，它们呆呆地瞪着她，看得出来，它们很生气。它们又嘟囔又叹气，一个小人熊闷闷不乐地说：

"为什么她要这样做呢？"

其余的小人熊也跟着说：

"为什么她要这样做呢？为什么把房顶踩坏？"

罗妮娅明白，她的脚踩进它们筑在地下的窝里了。小人熊找不到树洞，就把窝筑在地下。

"我不是故意这样做，"她说，"帮我把脚弄出来！"

但是小人熊仍然用眼睛瞪着她，还像刚才一样叹息。

"她的脚卡在房顶上了，怎么会这样呢？"

罗妮娅生气了。

"帮我离开这里！"但是它们仍然好像没听懂一样，只是呆呆地瞪着她，然后飞快地跑进自己的窝里。她听见它们在地底下抱怨。但是突然它们喊了起来，好像什么事情使他们高兴。

"好主意！"它们叫喊起来，"把摇篮挂在那里！好主意！"

罗妮娅觉得有什么东西挂在她的脚上了，沉甸甸的。

"看那小家伙，它在那里很舒服，"小人熊喊叫着，"挂摇篮！我们一定要房顶上的那只丑脚！"

但是罗妮娅却不想躺在冰天雪地里，让自己的脚给一些傻傻的小人熊当摇篮。她再次使出全身的力气从雪窝里挣脱出来。这时候小人熊突然欢呼起来。

"啊,小家伙,快看,摇篮真的晃起来了!"

她从小就知道,在马堤斯森林不能害怕,她想努力地忘掉可怕的念头。但是有的时候却做不到,现在就做不到。想想看吧,如果她无法挣脱出来,就只能躺在这里,夜间就会被冻死!她看着森林上空乌云密布,想到还会下更大的雪!她可能被埋在雪里被冻死,而卡在雪里的那只脚要给小人熊挂摇篮,一直要到春天。只有在那个时候,马堤斯才会赶来,找到已经冻死在冬季寒冷的森林里的可怜的女儿。

"啊呀,啊呀,"她哭喊着,"救命啊!快来救命呀!"

但是在这个空旷的森林里会有谁能听见她的呼救呢?她知道一个人也没有。但是她仍然喊救命,直到精疲力竭。这时候她听见小人熊在底下嘀咕:

"摇篮曲为什么停了!发生什么事了?"

但是后边的话罗妮娅就听不到了。突然间她看见一个人面鹰身女妖,她如同一只黑色的美丽大猛禽从漆黑的夜空朝森林俯冲而来,她飞得越来越低、越来越近,直接飞向罗妮娅。罗妮娅闭上了眼睛,她想现在一切都结束了!

女妖落到她旁边,又叫又笑。

"可爱的小人儿,"女妖一边尖声叫喊着,一边揪罗妮娅的头发。"你原来躺在这里休息呀,哎哟哟,哎哟哟!"

女妖又发出了笑声,而且笑得特别令人厌恶。

"你要去干活儿!去山里为我们干活儿!一直干到手流血!否则我就抓你,否则我就拧你!"

女妖用自己的尖爪从雪里向上拉罗妮娅,但是看到罗妮娅仍然一动不动地卡在那里的时候,非常生气。

"你要让我抓你拧你吗?"

她朝罗妮娅俯下身来,两只黑眼睛发出令人厌恶的光芒。

然后她再一次想把罗妮娅从雪窝里拉出,但是无论她怎么拉、怎么拽,也不能成功,最后她放弃了。

"我要去叫我的姐妹，"她喊叫着，"明天我会把你带走。以后你就再也无法像现在这样躺着休息了，永远永远也不能休息了！"

她从树冠上空飞走了，立刻消失在远处的群山中。

"明天等女妖来的时候，我也许早就变成一块冰了。"罗妮娅想。

下边的小人熊已经停止喊叫。整个森林静悄悄的，只是等待着黑夜降临。罗妮娅也没有什么期盼的了。黑夜肯定会来，她想，最后这个寒冷、漆黑和孤独的黑夜将会结束她的生命。

雪下了起来。鹅毛般的大雪落在她的脸上。雪花化成水，和她的眼泪融合在一起。这时候她哭了出来。她想到了马堤斯和洛维丝，她再也看不到他们了，在马堤斯山里谁也不再快乐了。可怜的马堤斯，他会伤心得发疯！当他生气的时候，罗妮娅再也不能安慰他了。她以前经常这样做。是啊，没有人会再像她一样安慰他，他再也无法得到安慰了，一点儿安慰也没有了。

突然她听见有人正在叫她，她听得很清楚，但是她知道这一定是在梦里。于是她又哭了起来。因为除了在梦里以外没有人会叫她的名字，很快她连梦也没得做了。

但是她又听到了叫她的声音！

"罗妮娅，你怎么还不回家？"

她不由自主地睁开了眼睛。毕尔克立在那里。啊，毕尔克竟然穿着滑雪板站在那里！

"我在下边看到了你的一只滑雪板，真巧，否则你不会躺在这里不能动弹。"

他把滑雪板放到她旁边的雪上。

"你也许要我帮助吧？"

这时候她突然大哭起来，哭声得那么响，甚至于她自己都害羞了。她没有回答，只是一直哭。当毕尔克弯下腰来要把她拖出来的时候，她用双手抱着他，委屈地说：

"不要离开我！千万不要再离开我！"

他笑了出来。

"那可不行，你一定要让我保持一根皮绳的距离！放开我，别哭了，让我试试能不能把你拉出来？"

　　他脱掉滑雪板，趴在雪堆旁边，尽量把手伸进去。在他摸索了一段时间以后，奇迹发生了：罗妮娅拔出了腿，她得救了！

　　但是雪窝下边的小人熊却生气了，它们的孩子放声哭了起来。

　　"可爱的小家伙，它的眼睛进了土，为什么要这样呢？"

　　罗妮娅一直在哭。毕尔克把滑雪板递给她。

　　"别哭了，"他安慰着，"再哭你就没力气回家了。"

　　罗妮娅深深地吸了一口气，这时她才不哭了。她站在滑雪板上，试试能不能滑起来。

　　"我试一试，"她说，"你现在也该回家了吧？"

　　"对，也该回家了。"毕尔克回答。

　　罗妮娅一使劲，沿着山坡滑起来，毕尔克在她后面。当她费力地在飞雪中向家滑的时候，他一直滑在她后面。罗妮娅一次次地回过头来，想看看他是不是还跟在后面。她很害怕他会突然走了，丢下她一个人。但是他一直在一根绳子距离内跟着她，一直滑到野狼关。他们要在这里分手，然后毕尔克就沿着秘密小道回波尔卡山寨。

　　他们在漫天的大雪中待了一会儿，即将告别。罗妮娅真不舍他离去，她竭力挽留他。

　　"毕尔克，"她说，"我希望你能当我的哥哥。"

　　毕尔克笑了出来。

　　"也许可以吧，如果你同意的话，绿林女儿！"

　　"我同意，"她说，"你只要叫我一声罗妮娅就行了！"

　　"罗妮娅，我的好妹妹。"毕尔克叫了一声，然后消失在纷飞的大雪中。

　　"今天你在森林中呆了很长时间，"当罗妮娅坐在炉子旁边烤火的时候，马堤斯问，"你在那里玩得开心吗？"

　　"开心，相当开心。"罗妮娅一边说，一边把自己冰冷的双手伸向暖烘烘的炉子。

六

马堤斯城堡和周围的森林下了一场百年不遇的大雪，甚至连斯卡洛·帕尔也从未见过。四个人竭尽全力才把城堡的大门推出一条缝，以便让人挤出去清掉很高很厚的积雪。斯卡洛·帕尔也伸出头来，看着单调的白茫茫的原野，所有一切都被大雪掩埋了。野狼关也完全被大雪封住。斯卡洛·帕尔觉得，如果雪一直这样下，人们要到春天才能重新使用野狼关的通道。

"喂，福尤索克，"他说，"如果你喜欢扫雪，我肯定你一定有事可做。"

斯卡洛·帕尔对很多事情所作的预测都是正确的，这次他的话又被证实了。大雪昼夜不停地一直下，绿林弟兄一边扫雪一边骂，但是对于不需要在野狼关和地狱缝站岗防备波尔卡的人这件事，他们还是很高兴的。

"波尔卡的确比猪还蠢，"马堤斯说，"但他还不会蠢到愿意在深到胳肢窝的雪中较量这种程度。"

马堤斯也并不那么蠢，并且他也不再把波尔卡放在心上了。他有更棘手的事情要处理。罗妮娅长这么大还是第一次病倒，她陷在雪中那天，也是她最后一次待在森林里的一天。第二天早晨醒来她发了高烧。她很奇怪：为什么不想活动？

"你怎么啦？"马堤斯一边叫着，一边跪在她的床边。"你说什么？你生病了吧？"

他抓起她的手，她的手很烫。啊，他发现她全身都很烫，他害怕了。他从来没有见过她像现在这样。她以前一直都很活泼，而且健康。但是现在他的宝贝女儿躺在那里，他马上知道了这意味着什么！他知道将要发生什么事！罗妮娅将要离开他，她会死掉，他想到这时心如刀割。他非常悲痛，不知道该怎么做。他真想用头去撞墙，真想像平时那样大喊大叫，但是没用，这样做会吓坏可怜的孩子，这点儿理智他还是有的。于是他把手放在她滚烫的额头上，嘀咕着：

"你千万不要着凉，我的罗妮娅！人生病的时候，是不能着凉的。"

尽管罗妮娅正在发烧，但是她还是能认出自己的父亲，她竭力安慰他。

"别担心，爸爸！这点儿小病不算什么。比这更糟糕的事情差一点儿要发生。"

"我差一点儿整个冬天都会被埋在雪里。"她想。她又想像着，如果真发生那样的事情，那么可怜的马堤斯就会伤心欲绝。当她想到这一点的时候，她哭了出来。马堤斯看到她哭了，还以为她躺在那里为自己这么年轻就要死去而悲伤。

"孩子，你肯定会好起来，别哭了。"他一边说，一边忍住自己的泪水。"你妈妈在哪儿？"后来他喊叫着，哭喊着朝门那边跑去。

当罗妮娅的生命仅剩一丝希望时，洛维丝为什么迟迟不把退烧的草药熬好呢？他很想知道到底怎么了。

他到绵羊圈去找她，但是她并不在那儿。绵羊在圈里叫喊着要吃东西。不过它们很快就发现，来的人不对劲，因为这个人把长着蓬乱头发的头靠在羊圈上悲伤地哭了起来，它们全都吓坏了。

马堤斯一直在哭，直到洛维丝喂完鸡和山羊走进门来。这时候他大声说：

"你这个女人，孩子生病你为什么不待在她身边？"

"我的孩子生病了？"洛维丝平静地说，"我并不知道。不过等我喂完绵羊以后……"

"我可以替你喂！你快去看罗妮娅。"他高声说。然后他像伤风似的小声说：

"如果她现在还活着的话！"

他从饲料房里拿出一捆捆的白杨枝条，洛维丝离开以后，他开始喂绵羊，并且向它们倾诉自己的无奈：

"你们可不知道有孩子的滋味！你们可不知道当一个人失去他最疼的小羊羔时，心里是什么感觉！"

突然间他不说话了，因为这时候他猛地想起来了，所有这些绵羊春天的时候都生了羊羔。而几乎所有这些小羊羔……后来差不多全部被宰掉吃了！

洛维丝喂女儿喝了退烧的草药，三天之后罗妮娅就好了。马堤斯惊喜极了。罗妮娅像过去一样，只是有了心事。在她生病的三天中，她想了很多。跟毕尔克将来会怎么样？她有了一个哥哥，但是何时才能跟他在一起呢？这件事一定要保密，不能让马堤斯知道她和一个波尔卡强盗成为朋友。如果他知道的话，就相当于给他当头一棒，甚至比当头一棒还要糟糕，他会比之前更伤心、更生气。罗妮娅叹息着，为什么她的父亲对一切事情都很粗鲁呢？无论他高兴、生气还是伤心，都是一样，他的野蛮、粗暴胜过 12 个绿林弟兄。

罗妮娅以前在父亲面前从不撒谎，但是那些可能令他生气或伤心的事她都不告诉他。如果他知道毕尔克的事，他可能既伤心又生气。但是没有办法，她已经有了一个要好的朋友，尽管她要偷偷摸摸地和他在一起。

可是现在冰天雪地，她能偷偷摸摸地去哪儿呢？她不能去森林，因为雪把野狼关堵死了，再说冬天的森林里她不敢去。上次她已经遭够了罪。

暴风雪继续在马堤斯城堡周围咆哮，天气越来越差。罗妮娅明白：只有在春天，她才能见到毕尔克。真是糟糕极了，他们离的那么远，好像他们的住处相隔十万八千里。

都是因为大雪。罗妮娅越来越讨厌雪，绿林弟兄的内心也一样，每天早晨他们都争论该谁去扫雪。必须有几个人把通向山泉路上的雪打扫干净，因为他们要去那里取水。山泉在去野狼关的道路上，先要迎着大雪清扫路上的积雪，然后用沉重的水桶往回运水，直到够人和牲畜饮用的，这个工作很艰难。

“你们像猪一样懒，”洛维丝说，“你们只在打架和抢东西的时候，才真使力气。”

这些懒惰的绿林弟兄期盼着春天，因为那时他们又能开始抢劫。在漫长的等待中，他们每天要清除很多的雪，削滑雪板，检查武器，为马刷毛，掷骰子，他们还像平时那样跳绿林舞，唱绿林歌。

罗妮娅同他们一起掷骰子、跳舞和唱歌，而且她也像他们那样非常期待春天，期待春天的森林。那时她就可以见到毕尔克，就可以同他说话了，就可以确定他到底愿意不愿意成为她的哥哥了，他曾经在森林的飞雪中答应做她的哥哥。

但是等待是多么令人着急啊，罗妮娅讨厌把自己关在城堡里。时间是那么漫长，她感到很烦闷，于是有一天她去了很长时间没有去过的拱形地下室。她讨厌那些破旧的牢房。地下室有一排在山上开凿的牢房，斯卡洛·帕尔曾经说过，自从马堤斯城堡成为了绿林山寨以后，那里再也没有关过人。只是在很久以前，当地主君占据马堤斯城堡的时候才关过人。但是当罗妮娅进入异常冰冷的地下室时，她仍然觉得曾经死在地下室的囚徒们的凄苦和哀叹仍然留在山墙上，因此她觉得很难受。她用牛角灯照着黑暗的牢房，那些再也无法见到阳光的可怜的囚徒曾经绝望地坐在那里。她默默地站了一会儿，为那些曾经发生在马堤斯城堡的暴行而哀伤。她裹紧狼皮袄，沿着牢房的地下通道继续往前走。这条通道穿过整个城堡的地下部分，她和斯卡洛·帕尔曾经从这里经过。他告诉她，当她出生的那天晚上惊雷不仅劈开了地狱缝，还把地狱缝底下的山也一同劈开了，所以这条地下通道也从中间断开，里边都是石头。

"此路不通，请勿前行。"罗妮娅说着，和斯卡洛·帕尔上次和她来的时候说的话一模一样。

然后她想了一下。她觉得在乱石堆的另一边，通道一定会继续延伸，斯卡洛·帕尔曾经也讲过。乱石堆一直让她生气，因为她不能向远处走了，而现在她就更加生气。因为也许毕尔克这时正在乱石堆的另一边呢！

她站在那里一边思考，一边看着下面的石堆。最后她想到了。

后来很长一段时间内人们在石头大厅里很难见到罗妮娅的身影。每天早晨她都不在，没有人知道她在哪里，不论是马堤斯还是洛维丝都没有在意她待在哪里。他们还以为她像其他人那样在扫雪，此外他们对罗妮娅来去自由已经习惯了。

然而罗妮娅并没有扫雪。她只是在地下室搬石头，搬得胳膊和腿都痛了起来。每天晚上当她疲累地躺在床上的时候，她都发誓，这一辈子再也不会搬石头了，不管是大石头还是小石头。但是不等第二天天亮，她又去地下室去了。她在那里像疯子一样一桶桶地装石头。她真讨厌堆在那里的石头，它们要是自己能消失掉就好了。但是石头没有消失掉，它们还在那里，她必须一桶一桶地把它们弄走，倒在附近的牢房里。

终于有一天，当牢房堆满石头的时候，乱石堆不那么高了。如果她有勇气的话，用些力气就可以爬到对面去。但是罗妮娅觉得她必须考虑清楚：她有勇气直接走到波尔卡山寨吗？她在那里会遇到什么？她都不知道，她只知道她处在危险的道路上。但不去寻找一条通到毕尔克身边的路是最危险的。她想念他，她怎么这样想念他？连她自己也不明白！她曾经很讨厌他，曾经希望他和所有的波尔卡强盗都见鬼去。她站在那里，此时此刻只想到石头堆的另一面去，希望能够找到毕尔克。

这时她听到了声音。对面有人来，她听到了脚步声。除了波尔卡强盗还会是谁呢？她屏住呼吸，一动不动，她静静地站在那里听着，她想在对面那个人发现她之前溜走。

这时对面的人吹起了《波尔卡绿林好汉》的口哨！这是一首很短的歌。她觉得过去听到过，是的，她过去确实听到过！当毕尔克把她从小人熊的雪窝里往外拉的时候，他就吹这首歌曲的口哨。是毕尔克站她的旁边呢，还是所有波尔卡强盗都会吹这首歌曲的口哨？

她迫切地想知道，但是她不能问，那是很危险的。她必须想其他办法弄明白吹口哨的人到底是谁。于是她也吹起口哨来，她轻轻地吹起相同的曲子。而这时对面的人安静了下来，静了很长时间，让人觉得不舒服。如果有陌生的波尔卡强盗突然爬过石头堆来打她，她就从那里立即跑掉。

但是突然她听到了毕尔克的声音，那声音很犹豫，好像不敢相信眼前的事情。

"罗妮娅？"

"毕尔克，"她叫了出来，她太高兴了，"毕尔克，啊，毕尔克！"

最后她安静下来，问道：

"你真的愿意做我的哥哥？"

她听到他在石头堆那边发笑。

"好妹妹，"他说，"我喜欢听到你的声音，但是我更想过去看见你。你还像以前一样长着黑眼睛吗？"

"那就过来看吧。"罗妮娅回答。

她不能再说什么话了，因为这时候她听见后面有人走过来。她吓了一跳，不能再讲了。她听见地下室沉重的大门开了，然后又咚地一声关上了，有人沿着台阶下来。啊，有人来了，如果她不赶快行动就会前功尽弃！毕尔克也完蛋了！到那脚步声越来越近，那个人沿着长长的通道径直朝她这边走来。她心里知道这意味着什么，但是她仍然呆呆地站在那里。直到那人都到了，她才灵机一动，对毕尔克悄声说：

"明天！"

然后她转过身来朝走过来的那个人走了过去。不管是谁，她都不能让他知道她在塌陷的地方搬过石头。

过来的人是斯卡洛·帕尔，当他看见她的时候，他兴奋起来。

"我正在找你，"他说，"我的天啊，你怎么会在这儿？"

罗妮娅赶快用手扶住他，让他往回走，再迟一点儿就坏事了。

"我可不想从早到晚老是扫雪，"她说，"我们快走吧，我不想呆在这。"

她的确想离开这儿！直到这时她才明白，她做了一件什么事。她打通了一条通向波尔卡山寨的路，马堤斯也知道会这样做！他尽管不像一只老狐狸那样狡猾，但是他肯定知道这里一定有一条路可以到达波尔卡山寨。罗妮娅想，他也许早就知道了。不过她兴奋的是，他并没有这样做。真令人奇怪，她已经不想把波尔卡强盗赶出马堤斯城堡了。为了毕尔克，一定要让他们在那里。如果她能够阻止的话，不能把毕尔克赶走，任何人也不得经过她开的路进入波尔卡山寨。因此她必须想办法不让斯卡洛·帕尔想一些没用的问题。他从她身边走过的时候，感觉有点儿神秘。尽管他平时就这样。人们都说他百事通，但是不论怎么样，罗妮娅这次一定要比他还狡猾。她的秘密没有被发现，至少现在还没有被发现。

"对呀，谁也不想总是扫雪，"斯卡洛·帕尔附和着说，"但是可以日夜不停地掷骰子。你说是不是，罗妮娅？"

"掷骰子当然可以日夜不停，现在就行。"罗妮娅一边说，一边费力地搀扶着他爬过地下室的高台阶。

她和斯卡洛·帕尔掷骰子一直到洛维丝开始唱《狼之歌》。只是她的脑子里都是毕尔克。

明天！这是晚上她睡觉前脑子里的最后一件事。明天！

七

第二天一早，她将去会见毕尔克。她要抓紧时间走。她只能利用其他人早晨都各自忙碌，而只有她一个人留在石头大厅的那段时间。斯卡洛·帕尔可能随时出现，她必须避开他那无穷无尽的提问。

"我去地下室也可以吃早饭，"她想，"在这里我实在不能静下心来吃饭。"

她急忙把面包装进皮袋子，把羊奶倒进木头瓶子。没有任何人看见，她走到地下室。她很快就走到了石头塌陷下去的地方。

"毕尔克！"她大声叫，她真害怕他不在那里。石头堆后面没人回答，她伤心得快要哭了。怎么办，他不来怎么办呢？他可能早不记得这件事，如果他反悔了就更糟了。她是马堤斯家族的人，是波尔卡家族的敌人，他也许特别不想和这样一个人做朋友。

突然有人从她的后边揪她的头发，她吓得惊叫了起来。一定是斯卡洛·帕尔悄悄地来了，一切都结束了！

但是来的人并不是斯卡洛·帕尔，是毕尔克。他在那里笑着，他的牙齿在黑暗中发出光芒。在微弱的牛角灯光下，她看不见其他地方。

"我在这儿很久了。"他说。

罗妮娅从心里感到高兴。啊，她有哥哥了，他为了她在这里等了很久。

"我也是啊。"她说，"我从小人熊雪窝里出来以后就一直在等你。"

接下来一段时间，他们都不知道该说什么，仅仅在那里静静地站着，但是他们为见到面而开心。

毕尔克把羊油烛举到她的脸旁。

"你的黑眼睛仍然在，"他说，"你还跟过去一样美，就是脸色有点儿不好。"

直到这时，罗妮娅才觉察出毕尔克跟她记得的样子不一样了：他变得单薄了，脸变瘦了，眼睛显得更大了。

"你身体不舒服吗？"罗妮娅问。

"没有，"毕尔克说，"但是我吃得不多，不过我还是比波尔卡山寨里其他的人吃得要多。"

过了一会儿，罗妮娅才了解他说的意思。

"你的意思是你们没有饭吃？你们都吃不饱？"

"我们已经有很长时间谁也没吃饱过，我们所有的吃的都快吃完了。如果春天还不到来，我们真的要完蛋了，就像你过去说的话一样，你还记得吗？"他一边说，一边又笑了起来。

"那是过去，"罗妮娅说，"那时你还不是我哥哥。但是现在你是我哥哥。"

她把皮袋子打开，递给他面包。

"你吃了它吧。"她说。

这时候有一种奇怪的声音，就如同毕尔克发出的小声喊叫。他两手各拿一块粗面包大口地吃起来，就好像旁边没有人一样，就他一个人和面包在那里，直到他把最后一块面包咽下去。这时候罗妮娅递给他羊奶瓶子，他把瓶口塞进嘴，一口气把羊奶全部喝光。

然后他不好意思地望着罗妮娅。

"你没有吃的了吧？"

"我家里还有，"她回答，"而且我现在不饿。"

她曾经看到仓房里有很多吃的，有美味的面包、羊奶奶酪、羊奶黄油、鸡蛋，整罐的腌制品，还有挂在屋顶上的熏羊肉，整缸的面粉，麦片和豌豆，除此之外，还有整坛的蜂蜜，整篮的榛子和洛维丝摘采的大袋子的野菜和树叶。她有时给大家做的鸡汤就有野菜和树叶。罗妮娅回想起这种鸡汤味道有多鲜，肚子就咕咕叫。冬天的时候，他们一般都吃腌和熏的食品，如果这类东西没有了，他们就喝加野菜和树叶的鸡汤。

但是毕尔克那里却没吃的，她不知道原因。他必须给她一个理由。

"我们现在变成贫穷的绿林。在我们到波尔卡山寨之前，我们也有绵羊和山羊。但是现在我们只剩马了，我们把马放在离波尔卡森林很远的一位农民家里。幸亏这样，不然现在我们恐怕连马也吃了。我们有一些面粉、大头菜、豌豆、腌鱼，但是它们也快没有了。唉，这个冬天我们可遭罪了!"

罗妮娅感觉毕尔克受苦,饿得脸色苍白,好像都是她和马堤斯干的。但是毕尔克却高兴地笑着。

"啊,贫穷的绿林,的确是这样!你没有觉得我身上很难闻吗?"他笑着说,"我们没什么水。所以不得不化雪,因为有时我们不能到森林去凿开被冻上的河流。即使有水,我们还要在暴雪中背着水桶爬绳梯。你试过吗?唉,如果你试一试就知道有多不容易了,也就明白我身上为什么会有像一个地道的绿林那样难闻的味道了。"

"我们那里的绿林弟兄也有这样的味道。"罗妮娅安慰着他。她身上是香的,因为洛维丝每个星期六晚上都会在火炉前的木盆里为她洗澡,每个星期日早晨都为她和马堤斯用篦子篦虱子。虽然马堤斯不想篦虱子,抱怨洛维丝夹了他的头发,但是都没有用,洛维丝仍然要给他篦虱子。

"有12个头发乱糟糟、长满虱子的绿林弟兄已经够了,"洛维丝常说,"只要我能拿起篦子。我就会一直拼命给你们篦虱子。"

罗妮娅认真瞧着站在灯光下的毕尔克。虽然他没有梳过头,但是他的头发看起来光光的,就像头上有顶铜盔一样。他细细的颈子和平平的肩膀上有一个精致的脑袋。

"他真是一个帅气的哥哥。"罗妮娅想。

"你是否贫穷、有没有虱子或者身上脏不脏都不要紧,"她说,"但是我不想看到你挨饿。"

毕尔克笑了起来。

"你怎么知道我有虱子呢?不过你猜得挺对的,我身上确实有虱子了!我当然希望宁愿长虱子也不愿意挨饿。"

这时候他的话变得严肃起来:

"啊,真的好饿啊!但是不论怎样我都要给温迪斯留一块面包!"

"我也许可以多拿一点儿来。"罗妮娅想了想说。但是毕尔克却摇了摇头。

"不行,我不能把面包给温迪斯,也不能告诉他面包从哪儿来。如果波尔卡知道是你给的面包,我还做了你的哥哥,他一定会气疯的。"

罗妮娅叹了口气。她明白,波尔卡讨厌马堤斯城堡的人,就像马堤斯讨厌波尔卡的人一样。唉，她和毕尔克，没有一件顺心如意的事。

"我们只能偷偷地见面。"她失望地说，毕尔克赞同她的提议。

"只好这样！但是我最不愿偷偷摸摸地做事。"

"我也一样，"罗妮娅说，"我觉得久置的咸鱼和漫长的冬天是最讨厌的，但是偷偷摸摸地做事更令人厌恶，做这样的事可真愚蠢。"

"但是你也这样做了呀？而且这都是为了我吧？春天到了就好了。"毕尔克说，"到时候我们可以在森林里见面，不用在这个冷冰冰的地下室里。"

他俩被冻得牙齿哆嗦。最后罗妮娅开口了：

"我要走了，不然我就要冻死这儿了。"

"明天你会来吗？看看你有虱子的哥哥？"

"我明天会带箧子和其他东西来。"罗妮娅回答。

她言出必行。每个冬季的早晨她在拱形的地下室中和毕尔克见面，并且带来从洛维丝仓房里拿出的东西。

毕尔克有时会对吃她带的东西感到不好意思。

"我觉得我好像偷了你们的东西。"他说。

但是罗妮娅笑着说：

"我是一个绿林女儿呀？为什么我不能抢东西呢？"

另外罗妮娅也知道，洛维丝仓房里的东西有很大一部分是从路过森林的商人那里抢来的。

"绿林拿人家的东西不需要得到同意，这个道理我已经知道了，"罗妮娅说，"我现在是将理论用于实践。你就吃吧。"

每天她还送给他一袋面粉和一袋豌豆，让他悄悄倒在温迪斯仓房的缸里。

"为了保住波尔卡绿林的性命，我已经竭尽全力，"罗妮娅想，"如果让马堤斯知道了，我一定就倒霉了！"

毕尔克非常感谢她的无私。

"温迪斯对缸里一直存在的面粉和豌豆感到不可思意。她认为一定是神仙送来的，"毕尔克边说，边又像以往那样甜蜜地笑了。他已经恢复到往常的样子，再也没有贪馋的目光了，罗妮娅对此感到很欣慰。

"又有谁知道呢?"毕尔克说,"我母亲也许是对的。因为你就像一个小天使,罗妮娅!"

"我只不过是不让人感觉可怕。"罗妮娅说。

"对,我从来没有遇到像你这样善良的人!你救了我好几次,我的好妹妹!"

"你也救过我好多次,"罗妮娅回答,"我俩互相帮助。我心里很清楚。"

"对,的确是这样,"毕尔克接着说,"马堤斯和波尔卡想怎么想就随他们去好了。"

不过马堤斯和波尔卡对他俩的事从未想过,因为他们根本不知道他们在地下室私下见面。

"你现在饱了吗?"罗妮娅问,"我带了篦虱子的篦子。"

她拿着篦子朝他走去像举着武器一样,贫穷的波尔卡绿林连一把篦子都没有。不过这样也不错!因为这样她才能摸他光溜溜的头发,她很喜欢这样。而且经常给他篦头发,不过说实话,有时候确实是不需要的。

"我早就没有虱子了,"毕尔克说道,"我想你在白费力气。"

"我再看一下。"罗妮娅边说边用力篦他的头发。

天气渐渐变暖,雪也慢慢融化了。阳光灿烂的一天,洛维丝把绿林弟兄都赶到雪里,让雪洗掉他们身上的污秽。但他们坚决不愿意。福尤索克说这样会把身体弄垮。但是洛维丝仍然固执己见。她坚持:如果每一个绿林都在雪中冲洗一下,冬天的阴霾就会消失。她不由分说地把他们全都赶进雪地里,他们很快就光着身子,在野狼关下覆盖积雪的山坡上打起滚来。他们高声喊叫着,心里抱怨着洛维丝残酷无情。但是最终他们还是照她说的冲洗身上的泥,他们不敢拒绝。

但是只有斯卡洛·帕尔一直不愿在雪地里打滚。

"我宁愿去死,"他说,"不过我想带着我身上的泥一起去死。"

"那算了吧,"洛维丝说,"不过在你死之前,也要把那十几只野公羊的毛发和胡子修剪一下。"

斯卡洛·帕尔说他可以承担这个任务。他是给绵羊和小羊剪毛的高手,所以他给任何一位绿林弟兄剪头发或胡子都不成问题。

"但是我的两小绺头发不用剪了。我漂亮不漂亮没事儿，反正我很快就不行了。"他一边说，一边爱抚着自己的秃脑袋。

这时候马堤斯用大手把他从地板上托了起来。

"你可要好好活着。没有你我也没法活了，老朋友，你可不能离我而去，这一点你比谁都清楚。"

"小伙子，那可要就听天由命了。"斯卡洛·帕尔欣慰地说。

下午洛维丝在院子里清洗绿林弟兄们臭烘烘的衣服。在衣服没干之前，他们得到放衣服的屋里去找其他衣服穿。那里的衣服是由马堤斯的祖父抢来的。"一个正常人怎么可以穿这些衣服呢？"福尤索克心里想，犹豫着穿上一件红衬衣。不过对他来说，这件衣服还挺合身。但是等克努塔斯和里尔·克里来的时候就糟糕了，因为没有男人的衣服了，他们不得不穿裙子和有挂袜带的女内衣。他们很不高兴，不过马堤斯和罗妮娅倒觉得挺有趣。

为了使绿林弟兄高兴，洛维丝这天晚上做了鸡汤。他们一个个坐在长桌子旁边噘着嘴巴。身上洗干净了，头发和胡子也剪过了，简直认不出来了。他们身上的气味也不一样了。

但是当他们一闻到洛维丝做的鸡汤里发出的扑鼻香味时，就不再噘嘴了。他们很快吃完饭，像往常那样，唱歌跳舞起来，不过比过去斯文一些。特别是克努塔斯和里尔·克里奔并没有胡蹦乱跳。

八

春天到了，春季好像在马堤斯城堡周围的森林上空舞动欢呼。积雪融化了，雪水从山坡流下来，汇集成小溪，注入大河。大河奔腾咆哮，与大小溪流和瀑布一起引吭高歌。罗妮娅每天听着春季的歌声进入梦乡。漫长、可怕的冬天终于过去了。野狼关的雪早已融化，那里汇成一条湍急的小溪。早上马堤斯和他的绿林弟兄骑着马路过那座狭隘的关口时，流水哗哗地击打着马蹄。绿林弟兄唱着歌、吹着口哨奔驰着通过野狼关，美好的绿林生活终于开始了！

　　罗妮娅也要去她期盼已久的森林。她本应在冰雪融化以后去那里，看看那里的土地上发生了什么变化。但是马堤斯不让她出门。他说初春的森林到处是危险，直到他和绿林弟兄出去，罗妮娅才能出来。

　　"现在你可以出去了，"他说，"但可要小心，千万别掉进可怕的水塘里淹死。"

　　"还是掉进去好。"罗妮娅说，"这样你可就有话可唠叨了。"

　　马堤斯无奈地瞧着她。

　　"我的罗妮娅呀。"他叹口气，然后骑上马，和绿林弟兄一起沿着山坡出发了。

　　当最后一匹马的马屁股刚刚消失在野狼关，罗妮娅就出发了。她踏过冰冷的河水时，唱着歌吹着哨，一路跑到森林湖泊那里。

　　毕尔克早已经在那里，他按时到了。他躺在阳光下的石板上。罗妮娅并不知道他是否睡着了，于是她捡起一块石头扔到水里，看看他能不能听到溅起的水声。他听到了，然后爬起来向她走来。

　　"我等了好久。"他说，罗妮娅又一次为有一个哥哥在那里等她而骄傲。

　　她置身于春天的森林里。她的周围都是美丽的春天，她沉浸在春天的森林里，像一只鸟一样大声欢呼着，她一定要对毕尔克说：

　　"我一定要对着春天高歌，否则我会憋死的。听，你一定会听到春天的歌声！"

　　他们静静地站在那儿，听着森林里的小鸟歌唱，树木沙沙作响，昆虫鸣叫，溪水潺潺。满山的树木，无数的溪流，各种各样的绿色树丛，它们都从冬眠中醒来，森林里处处充满着春天健康、欢快的歌声。

　　"我在这里好像感到冬天离我而去，"罗妮娅说，"马上我就轻盈得可以飞了。"

　　"那就飞吧！森林外面一定有很多人面鹰身女妖在飞，你也跟她们一起去飞吧。"

　　罗妮娅笑了起来。

　　"好，不过得先想想我怎样才能飞起来。"

　　突然她听到了马的叫声，一群野马嘶叫着向河岸跑来，她赶忙说：

"快走！我特想逮一匹野马。"

他们跑过去，看见几百匹长着长鬃的马从森林里跑出来，马蹄嗒嗒地踏在地上。

"它们一定是被熊或者狼惊着了，"毕尔克说，"要不它们怎么这样害怕呢？"

罗妮娅却摇摇头。

"它们这不是害怕，它们只是想把冬天跑走。等它们跑累了就该吃草了，那时我就会逮一匹野马带到马堤斯城堡去，这件事我早就想过了。"

"你为什么把马带到马堤斯城堡？你应该在森林里骑。我们应该逮两匹在这里骑，不是吗？"

罗妮娅思考了一下，说：

"我觉得波尔卡家族的人也挺聪明的。就按你说的办！走，我们试一下！"

她解下自己的皮绳，而毕尔克也有了同样的皮绳。他们拴好套索，藏在林间草地旁的一块大石头后面，野马经常在那里吃草。

他们在那里无所事事。

"我感觉坐在这里看着春天挺享受的。"毕尔克说。

罗妮娅深情地望着他，小声说：

"如果你这样说我就更喜欢你了，毕尔克·波尔卡松！"

他们静静地坐在石头后面享受着春天。他们看见画眉和杜鹃嬉戏鸣叫，整个森林里，人们都可以听见它们的啼叫。离他们很近的地方，狐狸在窝边来回跑；松鼠在松树冠上来回跳；他们看见野兔从长满苔藓的地上跑来，消失在树丛中。在不远处，一条马上就要孵育出小蛇的雌蝮蛇静静地躺在阳光里。他们互不打扰。这个春天是属于大家的。

"你说得对，毕尔克，"罗妮娅开口了，"为什么要把马从属于它的森林带走呢？但是我很想骑着它玩。好了，现在时机到了。"

林间草地上突然出现了野马。它们一边闲适地走着，一边吃着美味的野草。

毕尔克指着离开马群一段距离的一对漂亮的棕色小马说：

"你看，那两匹怎样？"

罗妮娅点了点头。他们拿着准备好的套马索慢慢挨近那一对就要被抓住的马。他们从后面小心翼翼地走过去，越走越近。突然罗妮娅的脚绊断了一根小树枝，整个马群都吓了一跳，它们准备逃跑。但是它们并没有看到什么危险行迹，没有熊，没有狼，没有山猫也没有其他敌人，于是它们又安静下来继续吃草。

毕尔克和罗妮娅看中的那两匹马也吃起草来，而他们已经走到能套住马的范围内。他俩点头示意，突然两条绳索同时飞了出去，转眼间就听到两匹被套住的马的嘶叫声和用蹄子刨地的声音，其他的马则闻风而逃。

他们抓住的是两匹小公马。毕尔克和罗妮娅正要把这两匹倔强的小马拴在树上的时候，它们又踢又跳，又叫又咬，挣扎着想要跑掉。

不过最后他们还是成功地把马拴在树上，然后跳到马蹄子踢不到的地方。他们俩喘着粗气，看着马乱踢乱蹦直到嘴里吐白沫才安静下来。

"我们要骑它们，"罗妮娅说，"但一开始它们很可能不让骑。"

毕尔克也知道会是这样。

"我们首先要告诉它们，我们不会伤害它们。"

"我试过了。"罗妮娅说，"我拿了一块面包去喂他们。但是如果不是我眼快手疾，我就会断了两根手指回到马堤斯身边。他看到肯定会生气。"

毕尔克气得脸色苍白。

"你是说，当你给那个'恶棍'面包的时候，它想咬你？真的吗？"

"那你去问它好了。"罗妮娅有些生气。

她无奈地盯着那匹仍在活蹦乱跳的野马驹。

"'恶棍'，这个名字挺好，"她说，"它的名子就叫'恶棍'。"

毕尔克笑了出来。

"那你也帮我的马想个名字吧！"

"行，它也同样野蛮，"罗妮娅说，"那你就叫它'野蛮'吧。"

"你们听好了，野马，"毕尔克大声说，"你们现在有名字了。分别是'恶棍'和'野蛮'，不管你们是否愿意，你们都是我们的了。"

看来"恶棍"和"野蛮"都不愿意，它们使劲挣扎和嘶咬皮绳，累得浑身流汗，但是它们仍然又踢又蹦。它们粗野的叫声把旁边的动物和飞鸟都吓坏了。

但是白天过去，夜晚来临，它们疲倦了，最后它们只是耷拉着脑袋安静地站在树边，偶尔会伤心地叫一下。

"它们可能渴了，"毕尔克说，"我们要给它们一点水喝。"

他们从树上解开已经有些听话的马，把它们带到湖边。松开皮绳，让它们喝水。它们一直喝了很长时间，然后安静、温顺地站着，不解地看着毕尔克和罗妮娅。

"我们可算驯服了它们。"毕尔克得意地说。

罗妮娅抚摸着自己的马，温柔地看着它，对它说：

"我既然说过要骑你，就一定要骑，你明白吗？"

她抓住马鬃，一跃骑到马背上。

"怎么样，'恶棍'？"她说着。但转眼间她就被马头朝下摔到湖水里。当她从水中出来时，刚好看见"恶棍"和"野蛮"长嘶着跑进树林。

毕尔克把手递给她，把她拉上岸。他既没有说话，也没有看她。罗妮娅也没说话。只是把身上的水抖掉，然后她大声笑着说：

"今天我不想再骑了！"

这时毕尔克也同样笑着说：

"我也不骑了！"

黑夜降临。太阳落山，晚霞出现。春天的夜晚给树木蒙上一层神秘的色彩，变得漆黑一团。森林里静悄悄的，听不到画眉和杜鹃的叫声，小狐狸钻回了地洞，小松鼠和小野兔也回到窝里，雌蝮蛇盘在石头底下，除了远处一只雌猫头鹰发出凄厉的叫声以外，任何声音也听不见，不过一会儿它就不叫了。

整个森林都好像睡着了。但是慢慢地森林里的夜生活开始了。夜间生活的动物开始活动起来：有些在草丛中沙沙地爬，有些在地衣上来回钻；小人熊在树林中跑来跑去，满身都是毛的夜魅从藏身之处成群结队地爬出来。它们用沙哑的声音叫着，想把它们经过之处的一切动物都吓跑；人面鹰身女妖从高山俯冲而下，她们是夜间森林最凶残、疯狂的动物，她们黑黑的身体与明亮的春天夜空形成鲜明的对比。罗妮娅看到她们，就非常讨厌她们。

"真没劲，一下子有这么多妖怪！我想回家了，我全身青一块、紫一块的。"

"你身上的确是青一块、紫一块的，"毕尔克说，"但是你一整天也都享受着春天。"

罗妮娅突然意识到她在森林里待得太久了。当她和毕尔克分别的时候，她努力想着怎样让马堤斯相信，她回家这样晚是因为喜欢春天。

但是当她回到石头大厅的时候，任何人都没有在意。他们正为别的事情而担心。

斯杜卡斯在炉子前的一床被子底下躺着，他脸色苍白、双目紧闭。洛维丝跪在他身边为他脖子上的伤口包扎，其他的绿林弟兄都沮丧地站在旁边看着，只有马堤斯像一头发怒的熊一样在地板上来回地走。他大声叫骂着：

"啊。波尔卡强盗，这些坏蛋！啊，他们这些土匪！我要一个个收拾他们，让他们永远也动不了。啊，啊！"

他再也想不出别的词儿了，只是又喊又叫，直到洛维丝严肃地向他指了指斯杜卡斯以后他才安静下来。这时他才明白，可怜的斯杜卡斯受不了他大喊大叫，他只得沉默下来。

罗妮娅明白现在不是和马堤斯说话的好时候，最好去问一下斯卡洛·帕尔到底怎么了。

"波尔卡这群人就得被绞死。"斯卡洛·帕尔说。最后他讲述了事情的原委。

"马堤斯和我们一起趴在绿林走廊旁边，盯着过往行人，"斯卡洛·帕尔说，"真巧，正在那时走过来很多商人，他们带着大包东西、商品还有皮货，另外还有很多钱。他们并没有反抗，东西全被我们抢了。"

"那他们没有生气吗？"罗妮娅有点不悦地问。

"你想想看！他们当然会又骂又叫，气得直跺脚，他们很快就离开了。我觉得他们会到官府告状。"

斯卡洛·帕尔笑了，但罗妮娅认为没什么可笑的。

"你猜后来怎么？"斯卡洛·帕尔继续讲述，"当我们把所有的东西装在马背上准备回来的时候，波尔卡那伙人来了，要分一半给他们。他们朝我们射箭，这群坏蛋！斯杜卡斯的脖子上中了一箭。我们必须要回击，于是，他们也有两三个人被射伤，就像斯杜卡斯一样。"

马堤斯过来了，刚好听见最后一句，他气得不轻。

"等着吧，这才是开始，"他说，"我一个也不会放过他们。我一直忍到现在，但是现在就是和所有波尔卡强盗算账的时候了。"

罗妮娅很生气。

"但是马堤斯绿林弟兄的性命也没了呢？你想过没有？"

"我没有想过，"马堤斯回答，"因为不可能会有这样的事发生。"

"这些事你了解得太少了。"罗妮娅说。

然后她就走到斯杜卡斯的身边坐了下来。她把手放在他的额头上，看看他发烧不发烧。他睁开眼睛微笑地看着她。

"我没有倒下。"他说，但是声音却很微弱。

罗妮娅抓着他的手。

"是的，斯杜卡斯，你没有倒下。"

她坐在那里，一直握着他的手。她没有哭，但是内心却悲伤地哭着。

九

斯杜卡斯一直发了三天高烧。他伤势很重，一直半昏迷着。但是洛维丝懂得医术，她像母亲一样细心照顾。出乎大家的预期，第四天他就能起床了，只不过腿有些发软，其他都很正常。那只箭正好射中他脖子上的一根筋，当伤势痊愈后，这根筋便缩短了。所以斯杜卡斯的头歪向一边，看起来让人觉得有点儿难受，但是他仍然像以前一样勇敢、乐观。所有的绿林弟兄对他的痊愈感到很高兴。当他们叫他的时候，就喊他"歪脖子"，这仅仅是开开玩笑。斯杜卡斯并没有因此消沉下去。

但意志消沉的却是罗妮娅。马堤斯和波尔卡的矛盾使她的日子越来越难过。她原以为这种敌对会逐渐消失，谁想到现在反而变得更严峻了。每天早晨当马堤斯和其他的绿林弟兄通过野狼关的时候，她总在想他们会有谁带着伤回家？只有晚上大家一个不落地坐在长桌子旁边的时候，她才安心。但是第二天一早她又不安起来。她问马堤斯：

"为什么你和波尔卡要互相残杀？"

"去问波尔卡去吧，"马堤斯说，"第一箭的是他先放。斯杜卡斯会对你说的。"

洛维丝再也忍不住了。

"孩子都比你明白，马堤斯！不要再残杀和折磨了，这样有什么好的？"

当马堤斯听到罗妮娅和洛维丝都不同意他的做法的时候，他生气了。

"有什么好处？"他大叫起来，"有什么好处？好处就是波尔卡滚出马堤斯城堡，知道吗？你们这些头发长、见识短的女人。"

"难到一定要刀枪相接、两败俱伤才肯罢休？"罗妮娅问，"没有其他的途径吗？"

马堤斯生气地盯着她。和洛维丝吵几句还没什么，但是连罗妮娅也不支持他，他就忍不住了。

"你有本事找别的办法！你让波尔卡离开马堤斯城堡！让他和他的狗强盗像臊狐狸那样老老实实地呆在森林里。那我就不再理会他们了。"

他停下来，思索了一会儿，说：

"如果我不把波尔卡打死，我就被叫孬种！"

每天罗妮娅都会在森林里和毕尔克见面，这对她来说是一种安慰。但是她不能再像以前那样开心地享受春天了，毕尔克也一样。

"我们的春天都被破坏了，"毕尔克说，"被那两个固执的倔强首领破坏了。"

罗妮娅觉得，马堤斯是一个没有理智的又老又倔的首领，让人伤心。在森林里马堤斯是她的最大保护者，但为什么如今她有麻烦时却向毕尔克诉说呢？

"如果你不是我的哥哥，"她说，"那我真束手无策了……"

他们坐在四周是春天的美景的湖水边，但是他们却好像没有注意到。

罗妮娅一直在想。

"如果你不是我的哥哥，我也许不会关心马堤斯要打死波尔卡这件事了。"她一边看着毕尔克，一边笑，"我有这么多伤心事，都是因为你！"

"我也不想看到你伤心，"毕尔克说，"我也和你一样。"

他们一直难过地坐在那里，但是他可以相互得到安慰，尽管并不是高兴。

"夜晚到来，还不知道谁生谁死。"罗妮娅说。

"现在没有人死，"毕尔克说，"因为官兵又开始在森林里搜查了。马堤斯和波尔卡都没时间相互争斗，他们忙着躲避官兵。"

"这样还挺不错。"罗妮娅说。

毕尔克笑了。

"呵，官兵来抓人反而还不错，谁又能相信啊？"

"的确有危险，"罗妮娅说，"我们可能每天都会遇到危险。"

他们边走边看野马吃草，而"恶棍"和"野蛮"也混在马群里。毕尔克吹了吹口哨。它们抬起头来，仿佛在想什么事，然后又安静地吃草。好像它们并不在意。

"你们是坏蛋，"毕尔克说，"别看你们在那边好像很温顺。"

罗妮娅想回家了。那两个倔强的老首领让她不想再待在森林里。

像以往一样，罗妮娅和毕尔克在离野狼关和绿林小道很远的地方就告别了。他们知道马堤斯会经常骑着马在哪里出现，也知道波尔卡的秘密小路在什么地方，但是他们还是担心有人发现他们在一起。

罗妮娅让毕尔克先回去。

"明天见！"他说完就跑了。

罗妮娅在那里看了一会儿刚出生的小狐狸。它们蹦蹦跳跳，看起来很可爱。但是她没心情看下去，她觉得自己再也不像以前那样无忧无虑地在森林里生活了。

她准备回家，不久就到了野狼关。尤恩和里尔·克里奔在那里站岗，看起来他们比平时高兴多了。

"回家吧，看看发生什么事了。"尤恩说。

罗妮娅很好奇。

"看看你们就知道一定是好事。"

"对，你说得对，"里尔·克里奔笑着说，"自己去看看吧。"

罗妮娅跑了起来。她确实想看到一些好事情。

　　她很快就回到了紧闭着的石头大厅门前。她听到马堤斯在里边笑着的声音，爽朗的笑声温暖着她的心，赶走了她的烦心事。

　　她很想知道，为什么马堤斯这样高兴。

　　她匆匆地走进大厅。马堤斯一看见她就跑过去抱住她，把她举到空中转个不停。他开心得要疯了。

　　"我的罗妮娅，"他大喊着，"你是对的，不需要流血、残杀。波尔卡就会立即滚蛋。"

　　"发生什么事了？"罗妮娅问道。

　　马堤斯用手指了指：

　　"看那儿！看刚才谁被我收拾了！"

　　大厅里站满了兴奋的绿林弟兄们，他们欢呼雀跃，所以刚开始罗妮娅并没有看见马堤斯指的是什么。

　　"知道了吧，亲爱的罗妮娅？我这样对波尔卡说就行了：你是要走还是要留？你是要你的儿子还是不打算要了？"

　　这个时候她看见了毕尔克。他在远处的角落里躺着，手脚都被捆着，前额还流血了，眼睛里发出绝望的目光。而马堤斯的绿林弟兄在他旁边高兴得又叫又跳：

　　"听着，你这个小波尔卡，你想什么时候回你父亲那儿？"

　　罗妮娅大叫出来，愤怒的泪水从眼中涌出。

　　"你不能这样对他，"她喊叫着，握紧拳头朝马堤斯没脑地打去，"你不要这样，你不能这样对他！"

　　马堤斯"叭"地一声把她放下来，这时候他停止了笑。气得脸色发白。

　　"是我的女儿说我做的不对吗？"他威胁着问。

　　"我对你说，"罗妮娅大声说，"你可以抢劫钱财，抢什么破东西都可以，但是你就是不能抢人。如果你要是抢人，我就不是你的女儿了！"

　　"谁说我在抢人？"马堤斯气得声音都变了，"我只不过逮了一个小坏蛋，一条偷东西的小狗而已，我将最终要把他们从我祖先留下的城堡里清除出去。你想不想当我的女儿，你自己挑。"

　　"哼！"罗妮娅大叫着。

斯卡洛·帕尔赶紧跑来劝架，他很担心有冲突发生。他从来没有见过马堤斯被气得这样铁青和吓人的脸，他不安极了。

"你怎么能这样和父亲讲话？"斯卡洛·帕尔一边说，一边拉罗妮娅的手。但是罗妮娅挣脱了。

"哼！"她又喊叫了一句。

马堤斯假装没听见她说话，好像她不在他的身边。

"福尤索克，"他用可怕的声音继续说，"去地狱缝给波尔卡送个信，告诉他我很想在明天太阳出来时见到他。务必让他一定来！"

洛维丝站在那里静静地听着。她只是眨了眨眼睛，没有说话。最后她走到毕尔克身边，当她发现他前额上有伤时，就取出装着草药水的瓷罐子，想替他洗伤口，但就在这时马堤斯大叫起来。

"别碰那个小坏蛋！"

"不管他是不是小坏蛋，"洛维丝回答，"伤口一定是要洗的！"

她把毕尔克的伤口洗净了。

这时候马堤斯愤怒地走过来。他抓着她，朝地板上摔去。幸亏克努塔斯扶住了她，否则她一定会撞在床架上。

但是洛维丝哪肯愿意？因为马堤斯站得远，所以她就使劲打克努塔斯，发出啪啪声。这也许就是他使她避免撞到床架上的回报。

"男人们都滚出去，"洛维丝大声喊叫着，"你们都滚，因为你们只会做坏事。你听好，马堤斯，你赶快滚！"

马堤斯狠狠瞪了她一眼。他那个表情都会吓坏许多人，但是洛维丝并不怕。她双手叉腰站在那里，一直看着他走出石头大厅，绿林弟兄跟在他后面。他把毕尔克扛起来，毕尔克的红头发盖到眼睛上。

"呸，马堤斯！"在马堤斯身后那扇沉重的大门关上之前，罗妮娅又叫了一声。

这晚马堤斯和洛维丝没有睡在一起，洛维丝也不知道他在哪里睡。

"我才不担心呢，"她说，"现在我可以想怎么睡就怎么睡，横竖都行。"

但是她没有睡着。因为她一直听见自己的孩子在悲伤痛哭，而且她不让她去安慰。整晚罗妮娅都是一个人躺在那里。她一直都睡不着，她生自己的父亲的气，她气得肺都要炸了。但是她很难对一直非常疼爱她的父亲恨起来。因此这一夜是她心情最沉重的晚上。

最后她终于睡着了，但是天刚亮就醒了。太阳马上就会升起，那时她一定要到地狱缝去看看会有什么事情发生。洛维丝想阻止她但是没用。她在前面走，洛维丝在后边默默地跟着。

马堤斯、波尔卡以及他们的绿林弟兄就像以前一样分别站在地狱缝的两侧。温迪斯也在那儿，罗妮娅老远就听见她在叫骂。她用最刺耳的话骂着马堤斯，马堤斯实在忍无可忍了。

"快让你的女人安静下来，波尔卡，"他说，"你最好仔细听听我要说的话。"

罗妮娅紧靠马堤斯后边站着，所以波尔卡没看见她。她实在忍受不了她听到和看到的一切。毕尔克在马堤斯身边站着。他的手和脚没有被捆，但是脖子上套着一根绳索。马堤斯手里有绳索的一端，就好像拉着一只狗。

"你真狠心，马堤斯，"波尔卡说，"一个可耻的人。我知道你想让我离开这儿。但是你却打我孩子的主意实现你的梦想，真是太可耻了！"

"我不想听你的评论，"马堤斯说，"我只想知道的是，你走还是不走？"

波尔卡无语了，他生气得说不出话来。他一直静静地站在那儿，最后说：

"那我必须要找到一个安全的容身之地，但这可不简单。但是假如你把儿子还给我，我在夏季结束之前绝对离开这里。"

"那好。"马堤斯接着说，"我也可以保证，在夏季之前儿子能回到你那儿。"

"我的意思是现在就把他交给我。"波尔卡说。

"我说现在他不能回去，"马堤斯说，"不过马堤斯城堡里有囚室。假如今年夏天雨下得多，他不必担心没有躲风避雨的地方，这对你是个安慰。"

罗妮娅站在那里难过极了。她的父亲这么狠毒，波尔卡必须马上远离马堤斯城堡——这是马堤斯坚持的，不然毕尔克整个夏季就要被关在囚室里，但是他坚持不了那么长时间。罗妮娅心里知道，他会死的，而她永远也不会有哥哥了。

她敬爱的父亲也不是以前那样了。她很难过，所以要惩罚他，她不做她的女儿了。啊，她多么希望他也和她一样痛苦，她希望她能毁掉他的一切，做一些他想不到的事情。

她突然就知道了她应该怎么做。很久之前她也这样做过，那次他很生气，但是并不像现在这样严重。她迷迷糊糊地一跳，跃过了地狱缝。马堤斯在她跳起来以后才发现她，他大吼一声。这叫声就像野兽死亡之前发出的绝望叫声，甚至连他的绿林弟兄都被吓坏了，因为他们从未听到过如此可怕的叫声。他们望着罗妮娅，罗妮娅站在地狱缝的另一边，他们的敌人那边。这糟糕透了，也太令人费解了。

波尔卡绿林弟兄也不可理解。他们傻傻地看着罗妮娅，好像天使落在他们身旁。

波尔卡同样也很吃惊，但他很快恢复了理智。他立刻反应过来，改变境况的时机来了。马堤斯的女儿帮助他摆脱困境，她为什么会做这样不可思议的事情？他也不清楚，但是他立刻在她的脖子上套了一根绳子。当他在套绳子的时候，他偷偷地笑了出来。

然后他对马堤斯说：

"我们这边的地下室也有囚室。如果今年夏天雨下得多，你的女儿也不用担心没有躲风避雨的地方。这对你也是个安慰，马堤斯！"

但是马堤斯却没有感到什么安慰。他像一只受伤的熊一样站在那里，沉重的身体摇摆着，好像这样可以减轻一点痛苦。当罗妮娅看着他哭了起来。马堤斯把套着毕尔克的绳子扔了，但是毕尔克仍然站在那里，脸色苍白，心情沮丧。他望着地狱缝对面的罗妮娅，看着她伤心地哭着。

这时候温迪斯走到她身边，推了推她。

"你哭吧！如果我有这样一个坏父亲，我也会流泪的！"

但是波尔卡让她走开，他用不着她来插嘴。

罗妮娅也曾经叫马堤斯坏蛋，但是现在她太希望能够安慰他啊。因为她做的背叛他的事情，让他太伤心了。

洛维丝也想安慰马堤斯，就像平时他遇到困境那样。她现在站在他的身边，但是他却没看见她。他什么也看不到。此时此刻在这个世界上他孤单一人。

"喂，马堤斯，你打不打算还我的儿子？"

马堤斯站在那里摇来摇去，没有说话。

这时波尔卡大叫起来：

"你还不还我儿子？"

马堤斯总算清醒了。

"当然还，"他毫不在意地说，"你什么时候要都行。"

"现在就要，"波尔卡说，"不是夏季结束，而是现在！"

马堤斯点头同意。

"我说过了，你什么时候要都行。"

好像这件事已经跟他没有任何关系了。但是波尔卡微笑着说：

"当然你也可以要回你的孩子。一个换一个，你是知道的，坏蛋！"

"我没有孩子。"马堤斯回答。

波尔卡脸上的笑容消失了。

"你到底是什么意思？你是不是想出别的鬼主意？"

"把你的儿子带走，"马堤斯说，"但是你不用把孩子还给我。我没有孩子。"

"但是我有孩子，"洛维丝大叫起来，叫声把墙顶上的乌鸦都吓飞了，"我得把这孩子要回来，你知道的，波尔卡！现在就要！"

然后她使劲瞪着马堤斯。

"虽然孩子的父亲已经疯了！"

马堤斯转个身，迈着沉重的步子走了。

十

以后几天，马堤斯没有出现在石头大厅里，在野狼关交换孩子时他也没有出现。是洛维丝去那里接的自己的女儿，和她同去的有福尤索克和尤恩，他们领着毕尔克。波尔卡和温迪斯带着他们的绿林弟兄早就等在野狼关外面了。带着愤怒和胜利心情的温迪斯一见到洛维丝就忍不住骂起来：

"像马堤斯这样一个抢孩子的坏蛋，谁都知道他羞耻的没脸见人！"

洛维丝极力忍着不开口。她拉着罗妮娅，一句话没说就和她离开那里。她一直在想，为什么罗妮娅自愿落入波尔卡手中？而在交换孩子的时候，她发现了其中的奥妙：罗妮娅和毕尔克看着对方，好像野狼关和整个世界都是属于他俩的。哦，原来他俩是商量好的，这一点谁都看得出来。

温迪斯也发现，她很不高兴。

她使劲抓住毕尔克。

"你跟她有什么关系？"

"她是我的妹妹，"毕尔克回答，"她曾经救过我的命。"

罗妮娅靠在洛维丝身上哭了起来。

"毕尔克也救过我的命。"她哭着说。

但是波尔卡则气得满脸通红。

"我的儿子瞒着我与敌人的孩子成了兄妹！"

"她是我的妹妹。"毕尔克又说了一遍，并且望着罗妮娅。

"妹妹，妹妹，"温迪斯冷笑着，"哼，谁都知道几年以后会成什么！"

她使劲抓住毕尔克，想把他拖走。

"别碰我，"毕尔克说，"我自己走，我不让你碰我。"

他扭头就走了。罗妮娅大叫一声：

"毕尔克！"

但他还是走了。

当洛维丝和罗妮娅单独在一起的时候，她想问这到底怎么回事，但是罗妮娅不愿意和她说话。

"别理我。"罗妮娅说。

洛维丝只好闭口，她们一言不发地回到家里。

斯卡洛·帕尔在石头大厅迎接罗妮娅，好像她刚死里逃生一样。

"你还活着真好，"他说，"可怜的孩子，真让我担心啊！"

但罗妮娅走开了，一言不发地躺在床上，拉上床账不和任何人说话。

"马堤斯城堡真是灾难不断。"斯卡洛·帕尔边说边沮丧地摇着头，然后低声地对洛维丝说：

"马堤斯在我那里。但是他只是愣愣地躺在那里，一句话也不说。也不吃饭，我们该怎么办？"

"他饿坏了自己会来的。"洛维丝说。但后来她也担心起来，第四天时她到斯卡洛·帕尔的房间里对马堤斯说：

"走吧，吃饭去吧，马堤斯！别闹脾气了！大家都在桌子旁边等着你。"

最后马堤斯还是去吃饭了，他的脸阴沉而消瘦，大家几乎认不出他了。他坐在桌子旁边吃饭，不说一句话，其他绿林弟兄也一言不发，这是石头大厅里从未出现过的沉闷。罗妮娅坐在她的座位上，但是马堤斯没有看她。她也不去看他，仅仅偷偷地斜视了他一下，她看到马堤斯与她印象中的父亲判若两人。唉，一切都变了，一切都那么可怕！她真想跑到远处，离开马堤斯的地方躲起来，但是她还是默默地坐在那里，不知道如何才能清除自己的哀伤。

"你们都吃饱了吧，开心的先生们。"吃完饭以后洛维丝打趣说。她实在受不了这种沉闷。

绿林弟兄们站起来，嘴里不知道说了些什么，然后快速走到自己的马身边去，那些马已经连续四天站在马槽旁边无所事事了。绿林首领只是躺在斯卡洛·帕尔的房间里，两眼盯着墙发呆，他们还怎么去抢东西呢？他们觉得太不幸了，因为这个时候会有更多的人通过森林。

马堤斯一言不发地离开了石头大厅，那一天再也没露过面。

罗妮娅又去森林了。连续三天她都在那里寻找毕尔克，但是并没有看到他，她不知道原因。他的父母会怎么对他？他们会把他关起来吗？如果他真的被关起来，她就不能与他见面了。她什么情况都不清楚，只能等待，没有任何事比等待更让人难受的了。

她一直坐在森林里的湖泊旁，尽管周围充满了春天的美景，但是毕尔克不在她身边，一切都没了光彩。她记得曾经她也是单独在这里，那时是那么美好。可这些都过去了！现在她需要和毕尔克分享一切。可是他今天好像还是没来，她一直在等，最后等得不耐烦了，站起身来准备走。

这时他来了。她听到他在云杉树林里吹口哨的声音，她惊喜地跑过去。是他！他背着一个大包袱。

"我搬到森林里来了，"他说，"我无法在波尔卡山寨住下去了。"

罗妮娅用吃惊的眼神盯着他。

"为什么呢?"

"我再也无法忍受整天没完没了的唠叨和训斥，"他说，"三天对我已经足够了!"

"但是马堤斯的沉默比高声训斥更糟糕。"罗妮娅想。她一下子就明白了，她该怎么改变那种无法忍受的局面! 毕尔克已经行动了，为什么她不行动?

"我也要离开马堤斯城堡，"她激动地说，"我也要离开，是的，我也要离开!"

"我出生在一个山洞里，"毕尔克说，"所以我可以住在山洞里。但是你可以吗?"

"我可以和你在任何地方住，"罗妮娅说，"最好住在熊洞里!"

周围的山上有很多山洞，但是任何山洞都比不上一个叫熊洞的地方。自从罗妮娅开始在森林里玩的时候起，她就知道这个山洞。马堤斯曾经告诉过她:在他小的时候，夏天常常待在那里，冬天是熊冬眠的场所，这是斯卡洛·帕尔告诉马堤斯的。所以他就把这个山洞命名为熊洞，此后就有了这个名字。

熊洞在陡峭的河岸旁，夹在几个山坡之间，洞口是一条大河。到那里去必须要翻过一个峭壁，开始时路窄得令人感到可怕。但是洞的正前方，有一个大平台。平台下是奔腾汹涌的河流，从洞口可以看到从群山和林海上方的朝霞中升起的太阳。罗妮娅多次看过这种美丽的场面，她知道可以住在洞里。

"我今天晚上要去熊洞，"她说，"你住在那儿吗?"

"住，不住那儿住哪儿?"毕尔克说，"我在那儿等你。"

那天晚上洛维丝还像以前那样为罗妮娅唱《狼之歌》，不管生活是快乐还是忧伤，每天晚上她都唱这首摇篮曲。

"但是今晚是我最后听这支歌曲了。"罗妮娅伤心地想着。离开母亲的确是难过的，但是不做马堤斯的孩子让她更难过。但正因为马堤斯不认她了，她才只能到森林去，尽管她永远听不到《狼之歌》。

她等到洛维丝一睡着就到森林里去了。罗妮娅躺在床上，边看炉火边等洛维丝睡着。洛维丝一直在床上不停地翻来翻去，但是最后她不再翻动了，罗妮娅听着她的呼吸声，知道她入睡了。

这时候罗妮娅悄悄地站那里，在炉火的光亮中看着自己睡着的母亲。

"亲爱的母亲，"她想，"我们以后也许会见面，也许再也见不了面了。"

洛维丝的头发散落在枕头上。罗妮娅摸着她的一绺绺红棕色的头发。这个躺在那看起来还像孩子的女人真是她的母亲吗？她疲累、孤单地在那里躺着，马堤斯不在她的床边，而现在连她的孩子也要离开她。

"请原谅我，"罗妮娅低声地说，"但是我必须得走！"

她悄悄走出石头大厅，去衣帽间拿出早已藏好的包袱。包袱重得几乎背不动。当她到达野狼关的时候，把包袱放在谢格和修莫前面。他俩在站岗。这不是马堤斯派的人，而是斯卡洛·帕尔替他派的。

谢格愣愣地盯着罗妮娅。

"天啊，你深更半夜会到哪儿去？"

"我要住到森林里，"罗妮娅说，"帮我告诉我母亲一声。"

"你自己为什么不说呢？"谢格问道。

"我不能说，我一说她肯定不让我走！我不想让别人拦我。"

"那你想想，你父亲如果知道了会怎么办呢？"修莫问。

"我父亲？"罗妮娅迷茫地说，"我还有父亲吗？"她伸出手来，与他们握手告别。

"替我向大家问好！还有斯卡洛·帕尔！你们唱歌跳舞的时候别忘了我！"

谢格和修莫再也听不下去了。他们的泪水夺眶而出，罗妮娅也哭了。

"马堤斯城堡再也不会有舞蹈了。"谢格失望地说。

罗妮娅拎起包袱，扛到肩膀上。

"对我母亲说，不要伤心和忧虑。如果她想找我，就到森林里吧。"

"我们怎样跟马堤斯说呢？"修莫问。

"什么也不用对他说。"罗妮娅边说边叹了口气。

说完她就走了。谢格和修莫默默地站在那里，看着她消失在远方小路的岔道上。

深夜来临，月亮在天空中高高地悬着。罗妮娅在森林湖泊旁边休息，她静静地坐在一块石头上。森林宁静极了，她静静地听着，但是听不到任何声音。春天晚上的森林是那么神秘莫测、稀奇古怪，但也有危险。不过罗妮娅却并不害怕。

"只要人面鹰身女妖不出现，这儿就像马堤斯城堡里一样安全。"她心想，"森林就是我的家，况且我已经没有其他的家了。"

湖泊变成了墨色，水面上还闪耀着一束月光。美极了，看到这种景色罗妮娅高兴起来，真是奇怪啊，人的忧愁和快乐总是相伴相生。为马堤斯和洛维丝而忧愁，为她周围是梦幻般美丽的春季夜晚景色而快乐。

从今以后她要和毕尔克在这里生活。她突然想起他还在熊洞里等她，她怎么能坐在这里想心事呢？

她拿起自己的包袱准备去那里。她离那里太远了，也没有什么路可选择。但她知道她该往哪走，就像许多动物、森林里的小人熊、夜魅和灰矮人能在漆黑的森林里找路一样。

她轻松地穿过月光下的森林，走过松林，踏着地衣和浆果树丛，经过散发着桃花清香的沼泽地和深深的水潭。她跳过长着苔藓的倒伏树木，踏过潺潺的小溪，径直穿过树林朝熊洞走去，一点儿没有偏离方向。

她看见夜魅在月光照射的山坡上舞蹈。斯卡洛·帕尔说过，它们只在有月光的晚上跳舞。她停下来，看着它们，而它们并没有发现她。它们跳着一种奇怪的舞：它们缓慢而笨拙地来回转，还发出奇怪的声音。斯卡洛·帕尔说过，这是它们的《春天之歌》。他曾教她学习它们的叫声，但是和她现在听到的并不一样，她听到的声音更加雅致和悲伤。

当她想到斯卡洛·帕尔的时候，也想起了马堤斯和洛维丝。她难过极了。

但是当她到达目的地和看到火堆的时候，她就忘记了忧伤。啊，毕尔克在熊洞外边的平台上点起了火，这样他们就不会在春天的寒夜里受冻了。火焰熊熊燃烧，发出亮光，从很远就能看见。这时她想起了马堤斯经常说的一句话。

"有火的地方就有家！"

"那里有火光，那里肯定也会是一个家，"罗妮娅想，"熊洞将是另一个家！"

毕尔克正自得地坐在火堆旁吃烤肉，他用树枝叉了一块肉，递给她。

"我等好久了，"他说，"吃吧！吃完你好唱《狼之歌》！"

<h2 style="text-align:center">十一</h2>

当罗妮娅和毕尔克躺在松树枝铺成的床上的时候，罗妮娅本来想给毕尔克唱《狼之歌》，但当她想起洛维丝为她和马堤斯唱这首摇篮曲的时候，她立刻想起马堤斯城堡的景象，一股思念之情油然而生，她唱不下去了。

毕尔克早就困了。他累了一整天了，在她来之前，他整理干净熊近来冬眠过的山洞。他来到森林以后，就捡生火用的枯柴和铺床用的松树枝。忙了一天以后，他很快就睡着了。

罗妮娅却无法入睡。尽管山洞里又黑又冷，但是她没有被冻着。毕尔克把山羊皮铺在她躺的松树枝上，她还带来一条松鼠皮被子，盖在身上又柔软又保暖。她躺在那里一点儿都不觉得冷。但就是睡不着。

她一直躺在那里，心情很沉重，从洞口向外看她看到了明亮而又冷清的春季夜空，也听到了山洞下边河水汹涌的声音。她觉得轻松了一些。

"这里的夜空和马堤斯城堡的一样，"她心想，"这里能听到与家里相同的同一条河流的奔腾声。"

渐渐地她睡着了。

当太阳从河对岸的山顶升起的时候，他俩都睡醒了。火红的太阳从晨雾中升起，像一团火一样照耀着森林。

"我浑身上下都冻紫了，"毕尔克说，"但是最冷的时候是黎明，过了黎明就不太冷了。知道这个道理难到不是一种安慰吗？"

"升起一堆火是更好的一种安慰。"罗妮娅说。她也被冻得发抖。毕尔克把盖在灰里的一点火星点燃。他们坐在火堆旁边，吃着面包，喝着罗妮娅木头瓶子里剩下的山羊奶。当他们喝完最后一口的时候，罗妮娅开口说：

"以后我们只能喝泉水了，我们没有什么东西了。"

"这样省得我们胖了，"毕尔克说，"但我们也不能饿死。"

他们看着对方，笑了起来。他们知道在熊洞的生活将会很苦，但是他们没有害怕。罗妮娅已经忘记了夜晚的痛苦。现在他们既饱又温暖，这是一个美好的早晨，就像鸟儿一样自由。他们到现在才体会到，前一阵子生活是那么沉重和痛苦，他们想永远忘掉那一切，忘得干干净净。

"罗妮娅，"毕尔克对她说，"你知道吗？我们的做法会让别人笑掉大牙！"

"知道，但这里是属于我们的，"罗妮娅说，"没有人能抢走属于我们的土地也没有人会把我们赶走。"

太阳高高升起，他们仍然围坐在火堆旁边，河流在奔腾，周围的森林也已经苏醒，树枝在晨风中轻轻摇摆，杜鹃花在歌唱，一只啄木鸟在不停地啄旁边一棵松树的树干，河的对岸一对麋鹿从森林里走过来，它们趴在那里，好像河流、森林以及那里所有的一切都是它们的。

"把耳朵捂住，我要大声歌唱春天。"罗妮娅说。

她欢叫着，欢快的声音回荡在山谷中。

"我想到一件最重要的事，"毕尔克说，"在你的叫声把人面鹰身女妖召来之前，我得把石弩取来。"

"取……到哪儿取？"罗妮娅问，"是到波尔卡山寨吗？"

"就在森林外面，"毕尔克说，"我一次没有拿走所有的东西。所以我把其余的东西藏在一棵空树里，那里很多各式各样的东西，我把它们都拿来。"

"马堤斯还没给我石弩，"罗妮娅说，"但是你把你的刀借给我，我可以把它做成弓箭。"

"好，但是不要弄丢了。记好，这是我们最珍贵的东西。没有刀，我们就没法在森林里生活。"

"还有很多东西，没有它们我们也无法生活，"罗妮娅说，"比如打水用的桶，你觉得呢？"

毕尔克笑了。

"想是想过了，但是只靠想是不行的。"

"好吧，我知道从哪里可以搞一个水桶来。"罗妮娅说。

"从哪里？"

"从洛维丝的健身泉旁，它在野狼关下边的森林里。她昨天让斯杜卡斯去打健身水，斯卡洛·帕尔的肚子不太好，一定要喝这种水治疗。但是斯杜卡斯遇上了几个人面鹰身女妖，就丢下水桶就跑了。我觉得洛维丝肯定会让他去取。如果我走得快，我会赶在他前面。"

他俩立刻起身，光着脚在森林里跑了很长时间，然后各自去取东西。一段时间后他们又都回到了山洞。罗妮娅取来了水桶，而毕尔克也从树洞里取来了石弩和其他东西。他把所有东西都摆放在洞前的平台上，给罗妮娅看。一把斧子，一块磨刀石，一只小锅，还有捕鱼的工具，捕鸟的网，石弩箭头，一柄短矛以及生活在森林里所需要的一切。

"啊，我知道了，你清楚要在森林里生活所需要的一切东西，"罗妮娅说，"比如获取食物、对付人面鹰身女妖和其他野兽还有保护我们自己。"

"我当然知道，"毕尔克回答，"我们应该……"

他没有走过去，因为罗妮娅使劲抓住他的手，慌张地对他耳语：

"别说话！山洞里好像有人！"

他们屏住呼吸，认真地听着。哦，的确是有人在他们的山洞里。趁他们外出的时候，有人趁机偷偷地钻到里面去了。毕尔克拿出矛，他们静静地等在那里。突然他们听见有人在里边来回走，真不巧，竟然不知道是谁跑到里边了。听声音感觉有好几个。山洞里可能都是人面鹰身女妖，她们藏在那里，随时飞出来，去抓他们。

最后他们不耐烦了。

"快出来，人面鹰身女妖，"毕尔克大喊着，"如果你们想试试这个森林里最锋利的长矛，就出来吧。"

但是女妖没有出来。从里边却传出一阵愤怒沙哑的叫声。

"灰矮人，他们在这里！全体灰矮人，快来咬他们，打他们！"

这时候罗妮娅怒气朝天。

"快滚，灰矮人，"她喊叫着，"赶快滚！不然我就拔掉你们身上的毛!"

灰矮人从山洞里出来。他们朝着罗妮娅发出嘘嘘声,罗妮娅也用嘘嘘声回应他们,毕尔克拿着矛去吓唬他们。于是他们沿着山坡迅速逃掉了。他们攀在河岸的悬崖峭壁上。一些灰矮人没攀住,扑通扑通掉进河里,到后来整群灰矮人都沿着河水漂游。不过最后他们都上了岸。

"这些鬼怪都挺会游泳的。"罗妮娅说。

"还挺会吃面包呢。"毕尔克说着,当他们进入山洞的时候,发现灰矮人吃了很多他们存的面包。

灰矮人没来得及做更糟的事。不过他们把这里弄得已是够烦的了。

"真是糟透了,"罗妮娅抱怨说,"他们会在森林里到处说,人面鹰身女妖很快就会知道我们的住处。"

但是在马堤斯森林里一定不能害怕,从小罗妮娅就听别人这样说。她和毕尔克都觉得躲藏起来是懦弱的。所以他们勇敢地在山洞里搜集食物、武器和工具,然后到森林里取泉水,到河里撒网捕鱼。他们从河边搬来石头做成一个炉灶,毕尔克走了很远为罗妮娅寻找做弓箭的木头。这时他们看见一群野马在树林中的草地上吃草。他们很友好地跟"恶棍"和"野蛮"打招呼,想接近它们,但是它们并不乐意。不论是"恶棍"还是"野蛮"都很不友好。它们很快就到旁边的卓地上吃草去了,好像不希望被人打扰。

回去后罗妮娅就坐在山洞外边削弓和箭头。她剪下一段皮绳做弦。然后就一直兴致勃勃地练习射箭,最后她能够成功地一次射出两支箭。不过一直到天黑,她也没有找到射出的箭头。于是她只好作罢。但是她并不担心。

"我明天再做新的。"

"你要珍惜那把刀。"毕尔克说。

"嗯,我知道它们是我们最宝贵的东西:刀和斧子!"

他们突然才感觉时间已经很晚了,肚子也叫了。白天他们不停地干活儿,到处走,搬东西,扛东西,拖东西,放东西,忙得连饿都忘了。这时他们美美地吃了一顿饱饭,有面包、羊奶奶酪和羊肉,喝着清凉的泉水,正如他们在喝完羊奶以后罗妮娅预测的那样。

这个时节，夜里并不是很黑，劳累了一天他们很累。很想睡觉。

黑黑的山洞里，罗妮娅为毕尔克唱着《狼之歌》，这次比上次好多了。但她还是很伤心，她问毕尔克：

"你觉得马堤斯城堡的人会想起我们吗？我的意思是指我们的父母亲！"

"他们当然想我们。"毕尔克回答说。

罗妮娅哭泣起来，伤心地半天说不出一个字。

"他们可能会伤心吧？"

毕尔克想了一会儿。

"他们可能会不一样。我觉得我母亲会伤心，但是更多的是生气；我父亲也会生气，但更多的是伤心。"

"我知道我母亲一定会很伤心。"罗妮娅说。

"那你父亲呢？"毕尔克问。

罗妮娅沉默了好一阵儿，然后才说：

"我想他会很平静。我不在，他正把我忘掉。"

她努力往那方面想。但是她心里知道不是这么回事。

夜里她梦到马堤斯一个人孤独坐在幽暗的森林里哭泣，泪水在他的脚下汇成一个泉水。她坐在泉水里，变成了小孩子，高兴地玩着马堤斯给她的松球和石子。

十二

第二天他们起得很早，他们要去看看下的网捕到鱼了没有。

"在杜鹃叫之前一定要要把鱼拿上来。"罗妮娅说。

在小路上她高兴地跳着走在前面。这是一条羊肠小道，弯弯曲曲地通到有一片小白桦林的崎岖山坡上。新生的桦树叶散发着清香，充满春天的气息，罗妮娅特别喜欢这股味道，她高兴地跳了起来。

毕尔克在她的后边走着，他还没有完全清醒过来。

"要是真能捕到鱼就好了！你不会真以为我们网里已经是满满的鱼

了吧？"

"这条河里有鲑鱼，"罗妮娅接着说，"如果一条鱼也没捕到，那才奇怪呢。"

"我的好妹妹，别高兴得太早，它们要跳到渔网里，那才麻烦呢。"

"我正在为春天而欢呼跳跃。"罗妮娅说。

毕尔克笑了。

"为春天欢呼跳跃，好啊，这条小路好像就是为了春天而欢呼跳跃用的。你知道是谁最先走出了这条小路？"

"可能是我父亲，"罗妮娅回答说，"可能他住在熊洞的时候走出来的。他一直喜欢吃鲑鱼，百吃不厌。"

她沉默下来。马堤斯喜欢什么和讨厌什么，她不想再回想了。她还记得那个梦，但她也想忘掉那个梦。但是那个梦却像烦人的苍蝇一样，赶跑了又飞回来，直到她看见网里那条鲜光闪闪、活蹦乱跳的鲑鱼时才忘记。那条很大的鲑鱼，够他们吃很多天，毕尔克捞出鱼，得意地说：

"我的好妹妹，我肯定你一定不会饿死了。"

"最起码在冬天来之前。"罗妮娅说。

但是冬天还有好长时间到，她用不着现在就想着冬天，她不想自找麻烦。

他们准备回家了。用一根带杈的树枝拎着那条鲑鱼，还拉着一棵被风吹倒的桦树。他们用皮绳把桦树拴在腰上，就像两匹马一样在路上费力地拖着。他们要做家具，想用这棵桦树做碗还有其他东西。

毕尔克砍桦树枝的时候，斧头突然掉了，把脚砸流血了。一路上洒了很多血，但他并不在意。

"这没什么。砸伤了当然会流血，流够了就停止了。"

"不要逞强，"罗妮娅说，"一会儿可能会有一只熊会沿着你的脚印舔血吃，它会想，怎么会有这么好吃的血？"

"那让它尝尝我手里的矛吧。"

"我的母亲，"罗妮娅若有所思地说，"不论哪个人流血，她总是给人家敷上晒干的白色苔藓。我觉得我们也准备一点儿，因为也许下次你可能会把腿砍伤了。"

她真的去采了，带回一大堆白色苔藓，在太阳底下晒着。当她回家的时候，毕尔克就端来烤鲑鱼让她吃。这可不是他们最后一次吃鲑鱼，有段时间他们一直把鲑鱼当饭吃，吃完就做木碗。

把树砍成不同形状并不难。他们依次砍，他们没有砍伤自己。很快就把树砍成了五块很整齐的木块，就剩挖成碗，他们要做五个。但是第三天，罗妮娅问：

"毕尔克，你觉得什么最难受？烤鲑鱼还是手上长泡？"

毕尔克也不知道，因为两者都很难受。

"但是我知道有更重要的事。我们需要一把凿子，用刀子挖木碗实在太累了。"

但是他们只有刀子，只能轮流用那把刀砍呀，挖呀，最后总算做了一个看起来像碗的东西。

"这一辈子我再也不做这种东西了，"毕尔克说，"我最后再磨一次刀。把刀拿过来。"

"刀？"罗妮娅说，"你不是拿着的吗？"

毕尔克摇摇头。

"没有，最后是你拿着，快递过来！"

"我没有刀，"罗妮娅说，"你难到没听见我在说什么吗？"

"你把刀放哪儿了？"

罗妮娅很生气。

"你把刀放哪儿了？最后是你拿着！"

"你在说谎。"毕尔克说。

他们很生气，一言不发地找刀，洞里、洞外都找过了，还是没有。又重新找了一遍又一遍，还没找到。

毕尔克冷冷地盯着罗妮娅。

"我记得我曾经说过，没有刀，我们就没法在这里生活。"

"那你就应该把刀看好，"罗妮娅回答，"你这个坏蛋，做错事就赖别人。"

毕尔克气得脸色苍白。

"看看，你又犯老毛病了，强盗的女儿！你又不讲理了。谁能忍受和你在一起！"

"谁稀罕你跟我在一起，波尔卡强盗，和你的刀生活在一起好了，如果你找到它！一起滚吧！"

她头也不回地走了，气得眼里都流出了泪水。她要离开森林，离开他。她再也不想见到他，再也不想理他了！

毕尔克看着她离开。罗妮娅的离开使他更加生气，他在她身后大喊：

"希望你被人面鹰身女妖捉走！和她们在一起你就满意了！"

他看着那些没用的白色苔藓。这些都是罗妮娅想出来的馊主意。他生气地踢了踢苔藓。

刀竟然在苔藓底下。毕尔克愣了半天才把刀拾起来。他们肯定在这里仔细找过，但为什么没找到呢？刀压在苔藓底下，是谁的错？

他认为采集苔藓不论怎么说都是罗妮娅的错。况且她又嚣张又愚蠢，他实在忍受不了了。否则，他可以把她找回来，告诉她刀已经找到了。但是她也许愿意待在森林里，一直到她厌倦和清醒。

他刀磨得很锋利。然后坐下来，拿着刀，觉得刀在手里很舒服。真是一把好刀，总算把它找回来了。

这时他不生气了。当他磨刀的时候，他的气就消了。现在他本应该满意了，刀找到了，可是罗妮娅却离开了。这是不是他感到沮丧的原因呢？

你和你的刀生活在一起好了！她这样说！一想到这里他又生气了。她究竟到哪儿了呢？这与他无关，她爱到哪儿就到哪儿吧。但是如果她不回来，就得怪她自己。那时熊洞的大门就要对她无情地关上。他很想让她明白，但是又不愿意到森林里亲自去告诉她。也许一会儿会自动回来，那时他就这样说：

"你早该回来！已经很晚了。"

他故意说得很响，好让自己听到，听了以后他吓了一跳，他怎么可以对自己的妹妹这样说话？不过这要怨她自己，他并没有赶走她。

他边等罗妮娅，边吃了几口鲑鱼。前几口吃的时候，他觉得很香，但是十次后就不香了。现在他嚼着鱼，就是无法下咽。因为他毕竟还有东西可吃，而在森林里走来走去的罗妮娅有什么吃的呢？她也许只得吃草根树叶，好在这些东西到处都是。但这也不是他担心的事。她可以一直走直到没有气力为止。这是她自作自受，谁让她不回来。

时间一分一秒地过去。真奇怪，没有罗妮娅，一切没有意义，没有罗妮娅在他什么事也不想做。他很痛苦。

浓雾升起。这时他想起了曾经他为了罗妮娅与地魔斗争的事情。不过后来他一直没有跟她提起这件事，她也许不知道她可能会被地魔骗走。当时她对他那么凶狠，还咬了他的脸颊，现在还有一小块疤呢。不过他还是很喜欢她。是啊，在他第一次看见她就喜欢上她了。但是她并不知道，他也没告诉过她，不过现在已经晚了。以后他要一个人孤单地生活在山洞里，和自己的刀……她怎么能说得这样难听？但是只要能把罗妮娅找回来，就是把刀子扔进河里，他也心甘情愿，突然间他明白了。

晚上浓雾常常在河面上升起，不过这没有什么可害怕的。可是他想，今晚的雾会不会越来越浓，直到把整个森林都笼罩起来呢？那时候地魔会不会又要从漆黑的地下跑出来。谁能保护罗妮娅避免被它们的歌声诱导呢？这也许也不是他该操心的事吧？但是不论怎样，不能再犹豫了，他一定到森林里去，一定要找到罗妮娅。

他一直跑，最后累得连气都喘不上来了。他四处找她，在任何一条小路上，在他认为的她可能去的每个地方。他喊着她的名字，直到快把嗓子喊哑和担心唤来好奇而又凶残的人面鹰身女妖为止。

"希望你被人面鹰身女妖捉走。"他曾经这样对她喊，想到这一点他觉得很对不起罗妮娅。说不定她真的被抓走了，要不怎么会到处找不到她。也许她又回到马堤斯城堡？也许她正跪在马堤斯跟前，请求让她回家重新做他的孩子？但她绝不会回到熊洞，不会，她最想念的人是马堤斯，明眼人一看就清楚，尽管在毕尔克面前她避免流露出这种想法。也许现在她高兴了，因为她已经找到离开熊洞和毕尔克的理由！

再找也没用了。这时候他心灰意冷了，他只能到山洞，他只能一个人待在凄凉的熊洞里。

春天的夜晚太美了，这是上帝创造的另一种奇迹，但是毕尔克并没有心思欣赏。他闻不到花儿的芳香，听不见鸟儿的歌声，看不到地上的青草和鲜花。他只感到被痛苦折磨。

这时他听到远处有一匹马在拼命地嘶叫着。他朝着马叫的方向跑过去，声音越来越凄惨。他看到云杉树旁的草地上有一匹马。这是一匹母马，它胸部受伤了流出很多血。它好像很怕毕尔克，但是它并没有跑，只是不安地鸣叫着，好像急需帮助和保护。

"真可怜啊，"毕尔克说，"是谁把你伤成这个样子?"

与此同时他看见了罗妮娅。她急匆匆地从云杉树林里跑出来，她朝他跑过去，脸上挂着泪水。

"看见那只熊了吗?"她大叫着，"啊，毕尔克，那只熊把这匹母马的小马抓走咬死了!"

她悲伤地哭着，但是毕尔克却很高兴。罗妮娅还活着，她没有被熊所伤害，不管是马堤斯还是人面鹰身女妖都没有把她抢走。真令人高兴!

但是罗妮娅在母马旁边，看着血从马身上流出。这时候她仿佛听到了洛维丝的声音，她知道应该怎么办。

"快去拿白色苔藓来，不然马的血就流尽了!"

"那你呢? 你总不能待在这里被残暴的熊吃掉吧。"

"快去，"罗妮娅喊叫着，"我一定得待在它身边，一定得有人安慰它。快去拿白色苔藓! 快去!"

毕尔克飞快地跑了。他去取白色苔藓的时候，罗妮娅蹲在那里，抚摸着母马的头，小声地安慰着母马。母马静静地站着，仿佛在听着。它已经安静下来，可能是没有力气了。它的身体不时颤抖着。它被熊咬了一个很大的伤口。这个可怜的母马曾用尽全力保护自己的小马，但是小马已经死了。它也感到，自己的生命正随着血一滴一滴地流下而慢慢消逝。现在已是黄昏，黑夜马上就要来临。如果毕尔克没有及时赶回来，也许这匹母马就再也看不到黎明了。

终于他来了，还带来了一大堆白色苔藓。罗妮娅从来也没有见过这样温情的场面，如果以后有机会一定要把自己喜悦的心情和他分享，但不是现在，现在还有更重要的事去做。

他们相互配合，在马的伤口上敷苔藓，血很快就把苔藓浸透了。他们又要敷上更多的苔藓，并且用皮绳把苔藓一道道地固定在马的胸部。这匹马静静地站着，让他们绑，好像知道这是为它疗伤。但是在紧挨着他们的一棵云杉后，一个小人熊突然探出头来，它感到很迷惑。

"他们为什么这样呢?"它郁闷地说。

但是罗妮娅和毕尔克看见它却很高兴,他们明白那只熊已经离开了。熊和狼特别害怕妖怪。而小人熊、夜魅、人面鹰身女妖和灰矮人都不怕猛兽。熊只要一闻到妖怪的味道就会立刻躲到森林里去。

"快看,小马死了,"小人熊说,"这样一个小马就死了!它再也不能跑了!"

"我们知道。"罗妮娅哀伤地说。

那一晚他们就待在母马旁边。晚上很冷,他们很难入睡,但是他们没有一点儿抱怨。他们相互靠着坐在一棵枝叶茂盛的云杉下,天南海北地讲了很多事情,只是一点儿没提吵架的事。好像已经把那件事忘了。罗妮娅想讲一讲这头熊怎样咬死了小马,可是她悲伤得说不出话来。这真是太残忍了。

"在马堤斯森林以及其他森林里,都有这样的事情发生。"毕尔克说。

午夜的时候,他们又帮马换了一次药,然后他们睡了一会儿,当他们醒来时,天已经发亮。

"看,血止住了,"罗妮娅说,"伤口上的苔藓也都干了!"

他们俩牵着那匹受伤的母马朝山洞走去,因为母马不能独自待在野外。母马艰难地行走着,但是它还是愿意跟他们一起回家。

"这匹母马将来痊愈了也许不能再爬山了,"毕尔克说,"我们要把它放在哪里?"

他们住的山洞附近有一个山泉,山泉周围有云杉和白桦,平时他们在那里打水。他们就把马带到那里。

"快喝吧,喝了水你好赶快恢复。"罗妮娅说。

母马痛快地喝了一阵,随后罗妮娅把它拴在一棵白桦树上。

"你在这里好好养伤。我保证熊绝对不会到这里来。"

罗妮娅爱惜地抚摸着母马。

"别太伤心了,"她说,"明年你还会生一头小马。"

这时罗妮娅发现母马的乳头在往下滴着马奶。

"这奶应该让你的小马吃,"她说,"但是现在你给我们吃吧。"

她从山洞里拿来木碗,赶紧去接马奶。她接了整整一碗。对母马来说，把膨胀的乳房里的奶挤出来也许会更舒服些。毕尔克很喜欢喝马奶。

"我们有了一头家畜，"他说，"我们要给它取个名字。你说叫它什么呢？"

"我说应该叫莉娅。马堤斯小时候有一匹叫这个名子的母马。"

他俩都认为这个名字很好听。母马活了下来。看得出来，莉娅一定会活下来。他们喂它青草，它大口大口地吃着。这时他们自己也饿了，要回山洞去找些东西填饱肚子。当他们离开莉娅的时候，莉娅回过头来不安地看着他们。

"别担心，"罗妮娅说，"我们马上就回来。谢谢你刚才让我们喝的奶！"

又有奶喝了，真是太好了。马奶在泉水里浸一会儿，既新鲜又清凉。他们在山洞外边的台阶坐上，边吃面包，边喝马奶，看着东方升起的太阳——新的一天开始了。

"那把刀丢了真遗憾。"罗妮娅开口说。

这时候毕尔克把刀拿出来，放在她的手心里。

"它又回来了。我们互相埋怨、争吵的时候，它就躺在苔藓底下呢。"

罗妮娅坐在那里好一阵儿没有说话，最后她说：

"你知道我在想什么吗？我想毫无意义的争吵最容易坏事。"

"我们以后再也不要吵了，"毕尔克说，"你知道我在想什么吗？我想你比无数把刀子更宝贵！"

罗妮娅看着他，开心地笑了。

"你又犯神经病了！"

洛维丝经常对马堤斯这样说。

十三

日子一天一天过去，春去夏来，天气越来越暖和。雨季也到了。雨日夜不停地下着，喝饱了的树木显得格外翠绿。雨过天晴，森林里暖和和的。罗妮娅忍不住问毕尔克，地球上其他的森林是不是也如同这里一样美丽，他说肯定不是。

　　莉娅的伤早已痊愈，他们把它放回森林，它又能和其他的野马在一起生活了。不过每天罗妮娅和毕尔克还是喝它的奶。晚上它和其他的野马会站在山洞附近，傍晚时罗妮娅和毕尔克去森林里去喊它。它鸣叫一声作为回答，罗妮娅和毕尔克一听到叫声也就知道它在哪里了，它很希望有人为它挤奶。

　　其他的野马很快也熟悉这两个孩子了。有时它们会好奇地走来看着他们给莉娅挤奶，它们也许从未看见过这种令人奇怪的事。"恶棍"和"野蛮"也常常来，它们走到离莉娅很近的地方，莉娅很生气，它把耳朵贴到后边，张嘴要咬它们。可是它们不以为意，继续调皮地推来推去，使劲地蹦呀跳呀，它们还是小马驹，喜欢玩闹。最后它们长鸣一声，跑到森林里去了。

　　但是第二天晚上它们又过来了。它们慢慢地不怕人了，也听懂人的话，还让人触摸了。罗妮娅和毕尔克经常抚摸着它们，它们也很喜欢让人抚摸。不过在它们眼里这好像是一种骗人的鬼把戏，它们心里在想：你们是骗不了我们的！

　　一天晚上罗妮娅说：

　　"我说要骑马就一定要骑！"

　　这一天该毕尔克挤马奶了，"恶棍"和"野蛮"就站在旁边看着。

　　"我说的话你听到了吗？"

　　她在问"恶棍"。她突然抓住"恶棍"的鬃毛，飞身一跃骑到它身上。它想把她摔下来，但是并不像上次那么简单了。这次她做足了准备，知道应该抓什么地方。"恶棍"又蹦又跳，想把她摔下来。最后罗妮娅尖叫一声，从马屁股后边摔下来。她爬起来，并没受什么重伤，她用手揉着摔痛的胳膊肘。

　　"你的确还是一个地道的'恶棍'，"她说，"但是我还是会要再骑你！"

　　她真的就这样做。每天晚上挤完马奶之后，她和毕尔克都尝试着驯化"恶棍"和"野蛮"。但是这两个坏蛋连一个字都听不进，当罗妮娅被摔过多次以后，她说：

"我身上哪里都是又酸又痛。"

她使劲推了"恶棍"一下。

"都是你这个坏蛋做的好事!"

但是"恶棍"却心安理得地站在那里。

她看见毕尔克还在和"野蛮"较劲。"野蛮"和"恶棍"一样难以驯服。但是毕尔克很有力气,他用两腿紧紧地夹住马肚。啊,真棒,他并没有摔下来,最后"野蛮"终于累得屈服了。

"罗妮娅你快看,"毕尔克喊着,"它被我驯服了!"

"野蛮"倔强地嘶叫着,不过它也累得动不了。毕尔克一边爱抚着它,一边夸赞它,最后罗妮娅开口说:

"实际上它也是一个坏蛋,你一会儿就会知道的!"

毕尔克制服了"野蛮",而她却驯服不了"恶棍",她很生气。特别是之后的几个晚上就更生气了,毕尔克让她一个人在地上挤马奶,而他却神气地骑在"野蛮"的背上围着她来回转,不就是为了显摆他是个骑马高手吗?

"不管是否摔伤,"罗妮娅说,"我挤完奶就去骑马!"

她真的这样做了。"恶棍"走过来时,一点儿也没发觉,罗妮娅突然跳到它的背上。它当然不情意,拼命反抗,想把她摔下来,当它发现行不通的时候,又气又恼。啊,这次可掉不下来了,罗妮娅占了优势。她抓住马鬃,两腿紧紧夹住马肚子,稳稳地坐在马背上。这时"恶棍"飞快地朝森林跑去,杉树枝、松树杈从她眼前飕飕地飞跑过去。马惊着了,罗妮娅惊恐地呼救:

"救命啊!我要被摔死了,救命啊!"

但是"恶棍"已经无法控制。它使劲地跑着,罗妮娅随时都可能从马背上摔下来,摔断颈脖。

这时毕尔克骑着"野蛮"从后边赶上来。"野蛮"是一匹独一无二的好马,它很快就赶超了"恶棍"。这时毕尔克猛得勒住缰绳,使"野蛮"停下来,而后面正全速奔跑的"恶棍"被挡住道路,不得不停了下来。罗妮娅被甩到马头上,还好她并没有掉下来,她坐回到马背上。"恶棍"直愣愣地站在那里,不再跑了。它口吐白沫,浑身都在打颤。罗妮娅拍着它，夸它跑得非常棒，罗妮娅鼓励的话使它平静下来。

"我本来真想教训你一顿，"她说，"不过我原谅了你，因为你让我经历了一次惊奇的体验。"

"它们现在肯让我们骑了，这是更大的惊喜，"毕尔克说，"你看，现在这两个坏蛋多懂事，知道应该听我们的。"

他们稳稳地骑着马回到莉娅身边，让"恶棍"和"野蛮"去玩耍。他俩则回到山洞去。

"毕尔克，"罗妮娅开口说，"莉娅的奶越来越少了，你发现了吗？"

"是啊，它可能又怀马驹了，"毕尔克说，"如果真得是这样，它的奶很快就没有了。"

罗妮娅从家里带的面粉都已经吃完了。他们把石板放在炉子上，最后烤了一次硬面包。山洞里还有一些面包，但是不久就会吃完。不过倒不会挨饿，因为森林里有许多小湖，湖中有很多鱼，森林里还有很多飞鸟。如果真没东西吃，他们随时都可以捕捉一只野鸡或一只雷鸟。罗妮娅采摘了可以当食物的草籽和树叶，这是洛维丝教会她的。这时候野草莓已经熟了，被风吹倒的树木旁边长着一大片红彤彤的野草莓，不久之后越橘也该熟了。

"我们倒不会挨饿，"罗妮娅说，"但是突然有一天没有马奶和面包吃，我还是觉得不习惯。"

这一天来得比他们预料的还要早。当晚上他们叫莉娅的时候，它还是很温顺地走过去。不过还是看得出来，它已经不喜欢让他们挤奶了。最后罗妮娅只从它的乳房里挤出一两滴奶来，而莉娅也明显地表示它再也没奶可挤了。

这时罗妮娅抱着它的头，深情地望着它。

"谢谢你在这段时间里给我们奶喝，莉娅！夏天到了，你又该生小马驹了，你知道那时你又将会有奶。不过你的奶是让小马驹喝的，而不是让我们喝的。"

罗妮娅爱抚着母马。她希望莉娅能明白她的意思，她对毕尔克说：

"你也要感谢它！"

毕尔克也向母马表示谢意。他们在它身边待了很长一段时间，当他们离开时，它还在那个明亮的夏季夜晚跟了他们好一段路。它好像知道这是告别，这段有别于其他野马生活的经历结束了。两个创造奇迹的小孩子离开了，它站在那儿，看着他们消失在杉树林里。然后回到自己的野马群里。

之后当毕尔克和罗妮娅晚上骑马的时候，有时候还能看到它，如果他们叫它，它还会叫一声作为回应，不过它从未离开野马群走到他们身边。它是一匹野马，而不是被驯化成的家畜。

但是每当"恶棍"和"野蛮"看到罗妮娅和毕尔克的时候，就马上跑到他们身边。它们已经明白，没有比骑手骑着自己赛跑更有意思的事了。罗妮娅和毕尔克兴致盎然地在森林里骑马游玩。

一天晚上，他们被一个人面鹰身女妖追赶。两匹马吓坏了，它们乱蹦乱跳，不听指挥。罗妮娅和毕尔克只好跳下马，放它们跑。没有骑手，马就什么也不管了。人面鹰身女妖只是视人为敌人，而对森林中的其他动物毫无兴趣。

此时罗妮娅和毕尔克被这一情况吓得朝不同的方向跑去，这样女妖就不能一起抓到他俩。但是他们心里明白，女妖很愚蠢，她肯定想同时抓住两个，所以这样做肯定有用。当女妖追赶毕尔克时，罗妮娅趁机躲了起来。但毕尔克的处境则更危险了。但是同时女妖转过身想去搜寻罗妮娅，转眼间她忘了毕尔克。于是他趁机躲到两个大石头缝里去。他在那里一直坐着，看女妖能否再找到他。

女妖们有一个特点，如果她们没见到要找的东西，就会认为那里没有东西。这时女妖认为她要把眼睛抓瞎的两个人已经不在了，于是就生气地飞向群山，去告诉她的姐妹们那里没有人。

毕尔克看见女妖飞走了，当他确定她不会再回来时，他就呼唤着罗妮娅。罗妮娅从一棵云杉树底下爬出来，他们为自己顺利脱险高兴极了。太幸运了，他俩都没被女妖抓死或叼进山洞，如果被叼进山洞，就要永远被关在那里。

"在马堤斯森林里是不能害怕，"罗妮娅再次说，"但是当耳边响起人面鹰身女妖扑扑的翅膀的声音时，还会很害怕。"

"恶棍"和"野蛮"早已跑得无影无踪，于是他们只得长途跋涉回到自己的山洞。

"只要没有女妖在后面追赶，我可以走一晚上。"毕尔克说。

他们手拉手穿过森林，一路上欢歌笑语，跟他们每次脱险后一样。夜幕降临了，多么美丽的一个夏季夜晚啊。尽管他们刚才遇到女妖，但他们认为这一天还是很愉快。自由地生活在大森林里，真是太美妙了，在白天，在黑夜，在阳光，月光和星光下，在一年四季更替中——在刚刚经历的春天，在已经来到夏天，也在即将来临的秋天。

"可是冬天……"罗妮娅只说了半句，就沉默不语了。

这时他们看见了小人熊、夜魔、灰矮人在周围来回跑，从云杉还有石头后边好奇地瞅着他们。

"那些夜魔，"罗妮娅说，"在冬天它们也能平安地生活。"

她又沉默下来了。

"我的好妹妹，现在才是夏天。"毕尔克安慰她。

但罗妮娅当然知道现在正是夏天。

"在我活着的每一天里，都会把这个夏天记在心里。"她说。

毕尔克看着雾气笼罩的森林，顿时有一种奇怪的感觉，但他也不知道到底为什么。他不知道为什么他的内心会有一种近乎忧伤的感觉，周围除了美丽恬静的夏季夜晚以外，什么都没有。

"这个夏天，"他看着罗妮娅说，"这个夏天我永远都不会忘记的。"

他们回到住的熊洞里。在洞外边的石板上，里尔·克里奔在那儿坐着等着他们。

十四

里尔·克里奔在那里坐着，还是扁平的鼻子，卷曲的头发，满脸大胡子，跟罗妮娅印象中里尔·克里奔完全一样。可是现在她觉得他从没有像这样漂亮过，她兴奋地尖叫一声，扑向他。

"里尔·克里奔……啊，……你……你来啦!"

她高兴得说不好话了。

“这里真美，”里尔·克里奔说，“既能看到河流，也可以看到森林！”

罗妮娅笑起来了。

“对，既能看到河流，也可以看到森林！所以你才来这儿的，是吗？”

“不是，是洛维丝让我送面包来了。”里尔·克里奔回答说。他打开皮口袋，里面有五个圆圆的大面包。

这时罗妮娅又笑起来了：

“毕尔克，快看，面包！我们又有面包吃了！”

她抓过一个面包，捧在手心里，闻着面包的香味儿，泪水忍不住流出。

“这是我母亲做的面包！我差点忘了，世界上还有这么美味的食物。”

她掰开面包，一块块地塞进嘴里。她也想让毕尔克吃点，可是毕尔克却默默地站在那里一言不发，他没有接过面包，只是走进山洞里。

“洛维丝估计你们的面包已经吃完了。”里尔·克里奔说。

罗妮娅嚼着面包，好像正在吃着蜜。她想起了洛维丝。但是她要先问清里尔·克里奔一件事：

“我母亲怎么知道我在熊洞里住？”

里尔·克里奔“哼”了一声。

“你以为你母亲像你想的那么笨？你不在这里还能去哪儿？”

他盯着她。他们美丽的小罗妮娅正不停地往嘴里塞面包，好像她就是为吃面包而生的。现在该回到正题了，洛维丝告诉他一定要讲点策略，但他有些担心，因为他不是一个有策略的人。

“罗妮娅，”他小心翼翼地试探，“你很快就会回家了吧？”

山洞里“咚”地发出了一下声音。有一个人在那里听他们谈话，而他有意想让罗妮娅知道。

但是这时罗妮娅的心思全都在里尔·克里奔身上。她有很多事情要问他想要知道。里尔·克里奔坐在罗妮娅身边，但是当她问他的时候，她没有看着他，她只是看着远处的河流和森林，她的声音很低，里尔·克里奔几乎听不到：

“马堤斯城堡现在怎么样？”

里尔·克里奔实话实说：

"马堤斯城堡里的人都很伤心，罗妮娅，还是回家吧！"

罗妮娅抬起头看着远处的河流和森林。

"是我母亲让你来这儿这样说的吧？"

里尔·克里奔点点头。

"唉！家里没有你，大家都觉得很不开心，罗妮娅。大家都期望着你能回家。"

罗妮娅看着远处的河流和森林，低声地问：

"我父亲呢？他也希望我回家吗？"

里尔·克里奔一听就气得骂了起来。

"这个老东西！谁知道他究竟在想什么！谁知道他都在盼什么！"

他们都没再开口，后来罗妮娅问道：

"他曾经提起过我吗？"

里尔·克里奔换了口气，因为他突然想到应该讲点儿策略，因此他没有说话。

"你要如实回答，"罗妮娅说，"他是不是从来没提起过我的名字？"

"没有，"里尔·克里奔无奈地说，"在他面前谁也不敢提你的名字。"

真糟糕，洛维丝不让他说的事他都都说了出来。唉，这还有什么策略呢？

他请求地看着罗妮娅说：

"不过只要你能回去，我的好罗妮娅，一切都会恢复到从前的！"

罗妮娅只是摇了摇头。

"我永远也不会回家去！我已经不是马堤斯的孩子！你可以清楚地告诉他，大声一点，让马堤斯城堡的所有人都听见。"

"天啊，"里尔·克里奔说，"就连斯卡洛·帕尔也不敢这样说。"

里尔·克里奔还说，斯卡洛·帕尔已经衰老了。那也没什么奇怪的？城堡里的一切事物都衰落了。马堤斯整天发脾气，对一切都不满，抢东西也不顺利。森林处处是官兵，帕尔叶还被他们抓走了，关在官府的囚牢里，波尔卡那里也有两个人被抓走。据说官府下决心要在今年要把马堤斯森林里的绿林强盗全部清除。里尔·克里奔叹口气，这不就是无路可逃吗？

"他从来没笑过吗？"罗妮娅问道。

里尔·克里奔惊异地看着她。

"你指的是谁？是官府吗？"

"我指的是马堤斯。"罗妮娅回答。

里尔·克里奔说，自从那天早晨罗妮娅当着马堤斯的面跳过地狱缝以后，就没有人看见过他的笑容。

里尔·克里奔一定要赶在天黑以前回去。要回家了，他在发愁如何向洛维丝交差，所以他又试了一试。

"罗妮娅，回家吧！回去多好！"

罗妮娅摇摇头，说：

"请向我母亲问好，非常感激她为我送面包！"

里尔·克里奔把手伸进皮袋子里。

"上帝保佑，还有一包盐要给你！差点儿都忘了，我如果没把盐给你，那太该死了！"

罗妮娅接过盐包。

"我母亲考虑得真周到！她知道生活中都需要什么。可是她怎么知道我们马上就没盐了呢？"

"这也许是母亲的本能吧，"里尔·克里奔说，"她的孩子缺少什么，她都知道。"

"她真是一位好母亲。"罗妮娅接着说。

罗妮娅站在那里很久，目送里尔·克里奔沿着崎岖的小路回去，直到他消失以后才回到山洞。

"啊，你没有和他一起回去见你的好父亲。"毕尔克说。他早就躺在杉树枝床上。洞里漆黑一片，罗妮娅看不见他，不过她听得很清楚他说话的声音。他是故意气她的。

"我已经没有父亲了，"她接着说，"如果你再不注意点，哥哥我也没有了！"

"好妹妹，原谅我吧，我的确对你太苛刻了，"毕尔克说，"不过我清楚你在想什么。"

"是的，"罗妮娅在黑暗中回应，"我想，我已经活过了11个冬天，到第 12 个冬天我就会死了。我多么想继续活下去。你要能理解就好了！"

"忘记冬天吧，"毕尔克安慰她说，"现在可是夏天！"

真正地来到了夏天，天气越来越晴朗，气温也越来越高，他们从来没经历过这样好的夏天。在每天中午最热的时候，他们都会到清凉的河水里去游泳。他们像两只水獭一样在水里嬉戏玩耍，然后沿河而下，直到听见能够淹没人的大瀑布震耳欲聋般的响声才停止，因为再向下就很危险了。汹涌澎湃的河水沿着高耸的峭壁从大瀑布那里飞流而下，小心翼翼都不敢从那里向下游。

毕尔克和罗妮娅清楚危险在哪里。

"我一看到'吞人'大疙瘩露出水面，"罗妮娅说，"我就知道前面会有危险了。"

"吞人"大疙瘩是位于河中心的一块大石头，离瀑布很近。对罗妮娅和毕尔克来说。它就是一个提警。现在他们要回到岸上去。他们累得气喘吁吁，全身上下冻得发紫。他们躺在岸边的石板上来晒太阳，好奇地看着水中一直嬉戏打闹的水獭。

傍晚天气变凉的时候，他们就会到森林里骑马。"恶棍"和"野蛮"有一段时间没出现了，因为森林女妖把它们吓惊了，所以它们也害怕有人骑在他们背上。在一段时间内，它们都惊恐不安。不过现在它们已经把那件事忘记了，它们跑到他们身边，高兴地让他们骑着去奔跑。罗妮娅和毕尔克先让马热一下身，然后骑着它们在森林里游玩。

"这样明亮的夜晚里，骑马真是太好玩了。"罗妮娅说着。她在想，"为什么森林里不能每天都是夏天？为什么我总不能高兴快乐呢？"

她爱森林中的一切事物——骑马时路过的各种树木、溪流、湖泊，还有长满苔藓的山坡，长着野草莓的林间草地，果实累累的越橘丛，满地的鲜花，各种动物和飞鸟。为什么人还要悲伤呢？为什么每年都会有冬天呢？

"你在想什么，我的好妹妹？"毕尔克问她。

"我在想……这块大石头底下有夜魅，"罗妮娅回答，"去年春天我还看见它们在这儿欢乐地跳舞。我喜欢夜魅和小人熊，但是你知道的，我不喜欢灰矮人和人面鹰身女妖。"

"当然是的，谁会喜欢她们呢？"毕尔克表示同意。

现在天黑得越来越早。有明亮夜晚的时间已经过去。晚上他们围坐在篝火旁边，看着天空中闪闪发光的群星。天越来越黑，他们就把火燃得越旺，红艳艳的光映红了整个森林。天空仍然有夏季的特点，但是罗妮娅似乎听到星星们在说：秋天就快到了！

"啊，我恨死人面鹰身女妖了，"她说，"太奇怪了，我们在这里安全地住了这么长时间。她们可能不知道我们住在熊洞里。"

"是因为她们住在森林那边的山洞里，没有住在河岸上的山洞里。"毕尔克解释说，"灰矮人这次没有多嘴，不然她们早就飞到我们头上来了。"

罗妮娅感到害怕了。

"我们还是别说她们了，"她说，"因为一提到她们，她们就该来了。"

黑夜来临。然后又到早晨，又是一个温暖的日子，他们和平常一样去河里游泳。

这时女妖飞来了。可不是一两个，而是很多，黑压压的一大片。天空中顿时布满了女妖。她们在河流上空盘旋、鸣叫。

"哈哈，水中可爱的小孩子，我们要把他们抓流血，哈哈！"

"快钻到水里去，罗妮娅。"毕尔克大喊道。于是他们钻进水中，靠近水底游泳，直到不得已才露出水面换口气。这时他们看见很多女妖，整个天空都变黑了，他们知道自己无能为力了。这一次没法脱险了。

"女妖已经找到我了，我再也用不着为冬天发愁了。"当罗妮娅听到女妖连续的嘶叫声，心里难过地想。

"水中可爱的小孩子，我们要抓破你们的皮，让你们鲜血直流，哈哈！"

女妖在攻击之前特别喜欢先恐吓和折磨人，然后再慢慢把人撕碎和害死，而且她们喜欢同时围着人盘旋、鸣叫和恐吓。她们在等待领头的首领发出攻击的命令：时间到！领头的女妖是最野蛮、最残忍的，她扇动着宽大的翅膀沿着河流上空飞翔。哎哟哟，她飞得不慌不忙！等着看吧，她首先会伸出锋利的尖爪，抓住其中一个在水中逃窜的孩子。她要抓那个长着黑头发的孩子，你相信吗？她并没有看见那个红头发的孩子，但是他早晚要露出水面。哎哟哟，那时候会有很多锋利的尖爪伸向他，哎哟哟！

罗妮娅在水中来回浮动，累得气喘吁吁。她四处张望，毕尔克到底在哪里？她都看不见他。她想：他在哪儿？是淹死了？还是溜走了，而把她独自丢给女妖？

"毕尔克，"罗妮娅慌乱地大叫，"毕尔克，你在哪儿呢？"

这时那个领头的女妖嘶叫着向她俯冲过来，罗妮娅闭上了眼睛……毕尔克，我的好哥哥，你怎么能在最危险的时候丢下我不管呢？

"呜呜，"女妖呜叫着，"现在要把他的血吸干！"但是她还想再等一会儿，就等一小会儿，然后……哎哟！她在河流上空又飞行了一圈。突然罗妮娅听到毕尔克的叫声。

"罗妮娅，快来！"

一棵被风吹倒的桦树顺水漂来，树上还长着浓密的树叶，毕尔克正用手抓着桦树。她正好可以看到他的头露出水面，那是毕尔克，他没有丢下她不管。啊，太让人欣慰了！

她已经没力气了，但水流把她很快冲了过去。她潜入水中，拼命游过去……她到了他身边。毕尔克把她拉过去，他们紧紧攀住同一根树枝，严严实实地躲在那棵桦树冠下。

"毕尔克，"罗妮娅喘着粗气说，"我还以为你被淹死了。"

"还没有呢，"毕尔克回答说，"不过也快了！你听见"吞人"大瀑布的声音了吗？"

罗妮娅听见汹涌咆哮的水声，这是"吞人"大瀑布发出的声音。水流把他们卷入水下，罗妮娅知道他们离瀑布越来越近了，她已经看见瀑布了。水流越来越快，水声也越来越近。此时她已经感到瀑布正吸引着她。他们会很快沿着瀑布被冲到山下，那也许是最后一次，也是一生中仅有的一次。

这时候她想与毕尔克紧紧靠着，她慢慢地爬到他身边。她知道，他们有着共同的信念：宁愿死在瀑布下，也不能被女妖抓走。

毕尔克把手放在她的肩头上。不管有什么事情发生，他们兄妹俩永远都会在一起，没有什么可以把他们分开。

但是人面鹰身女妖仍然在疯狂地搜寻他们。两个孩子到底在哪？现在要把他们抓得鲜血淋漓，为什么他们突然消失地无影无踪了？

河里只有一棵枝繁叶茂的树顺着急流而下。女妖看不到绿树枝底下藏着什么，她们气得团团转，到处寻找。

但是毕尔克和罗妮娅已经离她们越来越远，他们听不到女妖的嘶叫声了。他们只能听见越来越大的波涛声，他们知道他们离瀑布已经很近了。

"好妹妹。"毕尔克说。

罗妮娅没有听见他在说什么，只看见他的嘴唇在动。尽管他们听不见对方在说什么，但他们还是在不停地讲着话。在遇难之前，他们一定要把早就想说的话都说出来。他们说着，如果谁真爱一个人，谁就会在最艰难的时刻也不会恐惧，尽管他们连对方说的一个字都听不清。

后来他们就不再说了，他们紧紧拥抱在一起，闭上眼睛。

这时候突然有什么东西撞到他们身上，他们被惊醒了。原来桦树正好撞在"吞人"大疙瘩上，而桦树则被水冲得来回旋转。急流还没有把桦树冲走之前，桦树就改变了方向，朝河岸冲了过去。

"罗妮娅，我们朝岸边游。"毕尔克大声喊道。

他把紧紧抱着树枝的罗妮娅拉下水，很快他们就陷入冒着白沫的漩涡中。这时他们必须分别对付要把他们冲到"吞人"大瀑布去的汹涌波涛。他们已经看到了岸边平静的水面，虽然不远，但是要到那里去谈何容易。

"瀑布最终还是要吞没我们。"罗妮娅心想。她已经精疲力竭了。现在她想放弃了，身体不断下沉，激流随时有可能把她卷回原处，然后把她扔进大瀑布里。

但是毕尔克在她面前。他不时回过头来看看她，他一次又一次回过头来看她。于是她又鼓起勇气游起来，一次又一次向前游动，直到力气用尽为止。

不过她终于到达平静的水面，毕尔克一下把她拉到岸边。

这时候毕尔克再也支持不住了。

"我们一定要……"他虚弱地说。

他们用尽了最后力气，爬上了河岸，躺在岸边温暖的阳光下入睡了，已然不知已经脱险。

太阳快下山的时候，他们才回到熊洞。洛维丝正坐在洞外边的石板上等着他们。

十五

"我的好孩子，"洛维丝开口说，"你的头发怎么湿成这个样子！你是游泳了吗？"

罗妮娅动也不动地站着，愣愣地看着母亲。母亲坐在石板上，靠着山，她刚毅、坚强，就像一座山峰一样屹立在那里。罗妮娅深深地看着她。如果她在其他时候来多好啊！只要不是现在，任何时候都行！现在她只想一个人和毕尔克在一起。她觉得她的心还在咚咚地跳着。啊，如果此刻能单独和毕尔克在一起分享虎口脱险的喜悦，那该多好啊！

但是亲爱的母亲洛维丝正坐在那里，罗妮娅很久都没见到她了，不能让母亲感觉受到冷待！

罗妮娅微笑着对着她。

"是的，我们游了一会儿泳，我和毕尔克我们俩！"

毕尔克！这时候她看见他正向山洞走去，她不能让他这样做。怎么可以走呢？她赶忙跑过去，低声问他：

"你不过去向我母亲问声好吗？"

毕尔克冷冷地看着她。

"人们用不着向不请自来之人问好，在我小时候我母亲就这样教我！"

罗妮娅叹口气。这句话要把她气疯了。而毕尔克就站在那里，冷冷的看着她，这就是刚才还同她亲密无间、同生共死的毕尔克。现在他背叛了她，变成了一个没有感情的人。啊，她真恨他。她从来没有这样愤怒过！但她又一想，可恨之人不止毕尔克。她恨世上的一切，恨一切折磨她的人和事，她想把他们都撕成碎片，毕尔克，洛维丝，马堤斯，女妖，熊洞，森林，夏天，冬天，还有那个从小就教毕尔克做蠢事的温迪斯，当然还有凶恶的女妖……哦，不对，她把女妖已经算在前面了！她还恨很多其他的东西，但一时想不出这些东西是什么，但是她还是要喊出来，让喊声响彻山谷！

但是，她没有喊。在毕尔克进入山洞前，她用嘶哑的声音对他说：

"真遗憾，你母亲连一点儿道理也没教你。倒教了你一堆坏事。"

她回到洛维丝身边，解释道，毕尔克情绪不好。然后她就不说话了。她在母亲身旁的石板前跪了下来，把脸靠在洛维丝的膝盖上哭了，不是响彻山谷的声音，只是小声哭泣。

"知道我来干什么吗？"洛维丝问。

"是给我送面包吗？"罗妮娅哭着回答。

"不是，"洛维丝边说，边爱抚着她的头发，"你回家去就会有面包吃了。"

罗妮娅一直在抽泣着。

"我永远也不会回家的。"

"那好啊，不过马堤斯就该跳河去了。"洛维丝仍然心平气和地说。

罗妮娅抬起头来。

"他会为我去跳河吗？他都不提我的名字！"

"白天他不提，"洛维丝说，"但是每天晚上他都会在梦中哭泣，呼喊你的名字。"

"你怎么知道的？"罗妮娅问道，"他又去你床上睡了吗？他不是在斯卡洛·帕尔的房间里睡吗？"

"不在了，"洛维丝说，"斯卡洛·帕尔不想让他再睡在那里，我也不愿意让他睡在我的房间里，不过他失落的时候，总得有人陪着他。"

她沉默了很长时间。然后说：

"你知道，罗妮娅，看别人被折磨，自己心里很不好过。"

罗妮娅要哭出来了，这哭声要山崩地裂。不过她又咬牙忍住，平静地问：

"母亲，如果你是一个孩子，也有一个父亲，而他不承认你是他的孩子，甚至不让别人提起你，你还会愿意回到他的身边吗？如果他又不肯让你回去的话。"

洛维丝想了一下。

"我不会回去。他一定要请我回去！"

"但是父亲却没有请我回去。"罗妮娅无耐地说。

她又把脸靠到洛维丝的膝盖中，泪水把她的粗毛线裙子都浸湿了。

天黑了，夜晚降临，最难熬的日子也过去了。

"你快去睡觉吧，罗妮娅，"洛维丝对她说，"我在这里睡一会儿，明天天亮我就回家。"

"我要靠在你腿上睡，"罗妮娅说，"我要听你唱《狼之歌》！"

她想起自己也曾给毕尔克唱过《狼之歌》。但没有唱过几次，她就厌烦了，这辈子再也不想为他唱了。

洛维丝唱起歌来，这时候世界好像又恢复了原样。罗妮娅沉浸在童年的回忆中，她把头轻轻靠在洛维丝的膝盖上，在群星照耀下入睡了，一直睡到第二天天亮。

她醒来的时候，洛维丝已经离开了，但是她并没有把盖在罗妮娅身上的灰色披肩拿走。罗妮娅醒来时还感到披肩暖和和的。她闻了闻披肩。"啊，母亲还在这里。"她心想，"她披肩上的味道有点像我曾经的一只小兔子的味道。"

在远处的火堆那，毕尔克手托着头蜷缩在一起，红色的头发垂下来，盖着他的脸。他坐在那里，好像并没有因为罗妮娅生气而内疚。这时罗妮娅把一切都忘掉了，她围着拖在地上的披肩，向毕尔克走去。但是她还是犹豫了，她想他大概不想让别人打扰他。

但是最终她还是问他：

"你在做什么，毕尔克？"

他看着她笑了。

"我正坐在这里伤心呢，好妹妹！"

"为什么伤心？"罗妮娅问道。

"我难过的是：只有当'吞人'大瀑布要夺去你的生命的时候你才是我的妹妹，其他时候你就变了，特别是当你父亲派人给你送信想让你回家的时候。我难过极了，做了蠢事，我也为此感到抱歉，如果你理解我就好了。"

"谁不难过呢？"罗妮娅想，"我现在里外不是人。"

"不过我没有责怪你的意思，"毕尔克继续说着，"我明白这都是人之常情。"

罗妮娅不好意思地看着他。

"但是你还是想当我哥哥，对吗？"

"那当然了，"毕尔克说，"任何时候我都是你真正的哥哥，这你是清楚的！不过你还应该知道，正因为这个原因，我才希望和你平平静静地度过这个夏天，不喜欢马堤斯城堡的人来回给你送信，不想提起冬天发生的事！"

的确是这样，罗妮娅也不想去想冬天来了该怎么办。以前她还不明白，毕尔克为什么一点儿也不发愁冬天的事。"现在正是夏天，好妹妹。"他曾经镇定地说，好像冬天永远也不会来似的。

"我们只能在一起度过这个夏天，"毕尔克接着说，"如果你不在我身边，我就用不着考虑该怎么生活了。冬天的时候你就回马堤斯城堡了，不能呆在这里了。"

"那你怎么办？"罗妮娅问，"你会到哪儿去？"

"我就待在这儿，"毕尔克回答，"我当然也可以说几句好话，请求回到波尔卡山寨，我不会被赶走的。可是这样做又有什么用呢？我还是不能和你在一起。反而永远都见不到你了。因此我宁愿一直待在熊洞里。"

"你会被冻死的。"罗妮娅说。

毕尔克笑了笑。

"可能会被冻死，也可能冻不死！我觉得你应该会经常滑着雪橇来看我，给我带点面包和盐，还有我那件狼皮袄，如果你能把它从波尔卡山寨里偷出来的话。"

罗妮娅摇了摇头。

"去年冬天我根本不能滑雪，那时候我连野狼关都没法出去。如果还像去年冬天一样，而你又在熊洞住着，那你就很危险了，我的毕尔克·波尔卡松！"

"那就这样吧，"毕尔克说，"不过现在正是夏天，我的好妹妹！"

罗妮娅严肃地盯着他。

"说什么夏天还是冬天的……谁说我要回马堤斯城堡？"

"是我说的！"毕尔克说，"要是我能把你送回去就好了。如果一定要被冻死，那就让我一个人死好了。不过我刚才还说，现在才是夏天！"

夏天不是一直都在，毕尔克和罗妮娅都知道。但是他们就像一年四季永远都是夏季一样生活着，尽力把来自冬天的一切烦恼都忘掉。从白天到黑夜，他们无时无刻不在尽情享受着夏天的甜蜜。时间一天天地过去，他们快乐地度过夏天。现在他们还剩下几天好日子。

"别让任何事情破坏夏天。"毕尔克说。

罗妮娅完全同意。

"我像蜜蜂吮吸蜂蜜一样吮吸着夏天，"她说，"我做了一个夏天的百宝包，等夏天过去以后……就可以用包里的东西了。你知道包里都有什么东西吗？"

她把里边的东西介绍给毕尔克：

"这是一个什么都有的百宝包：有日出，有长满越橘的越橘枝，有你胳膊上的黑斑，有夜晚倒映在河面上的月光和星空，有中午的森林，有太阳照射松树的美景，还有傍晚的阵雨等等，还有松鼠、狐狸、野兔、麋鹿以及我们认识的野马，有我们在河里游泳和在森林里骑马的景象。啊，你看，这是一个百宝包，包里有夏天有的一切东西！"

"你真是一位装饰夏天的能手，"毕尔克说，"那就继续收集吧！"

他们从早到晚一直待在森林里。他们要捕鱼要打猎填饱肚子，此外，他们就享受夏天的欢乐。他们到处去欣赏动物和飞鸟，登山和爬树，去没有女妖的森林里骑马，到湖泊中游泳。夏季就这样渐渐过去了。

天气微微凉了，有一两个晚上还是很寒冷。一天早晨，他们围坐在篝火旁，看见白桦树上枯黄的树叶飘落到河里。一叶落而知秋，但是他们谁也没说话。

天气越来越凉。虽然他们有时还可以看到一望无际的绿色林海，但是碧绿中也出现了黄色和红色。没过多久，河岸的峭壁都变成了黄红两色。他们在篝火旁，看着这种美景，但谁也没有说话。

河上出现雾的时候越来越早。有天晚上他们到山泉去取水，发现雾早已经盖过树冠，转瞬间他们就被浓雾包围了。毕尔克放下水桶，紧紧握住罗妮娅的手。

"怎么了？"罗妮娅问道，"你害怕雾吗？难道你不相信我们可以找到回家的路？"

毕尔克没有说他怕雾，他只是等待着。突然间远方的森林里传来那首他熟悉的清亮的歌声。

罗妮娅也静静地站在那里听着。

"听到了吗？这是地魔在唱歌！我总算听见它们唱歌了！"

"你以前没听见过吗？"毕尔克问。

"没有，一次也没有，"罗妮娅回答说，"他们想把我们引诱到地狱去，你知道吗？"

"我知道，"毕尔克接着说，"你想跟它们到地狱去吗？"

罗妮娅大笑起来。

"我还没疯到这个地步！不过斯卡洛·帕尔说过……"

她没有继续说下去。

"他说什么？"毕尔克问她。

"哦，没什么，"罗妮娅含糊地说。

他们就站在那里，等着雾小点儿以后再前行，这时候她想起了斯卡洛·帕尔说过的话：

"当地魔出现在森林里歌唱的时候，就预示着秋天来了，马上就是冬天，哎呀，哎呀！"

十六

斯卡洛·帕尔说得对。当地魔在森林里唱起清亮的歌的时候，秋天就要到了。但是罗妮娅和毕尔克还不那么相信。夏天慢慢地消退了，连绵不断的秋雨接踵而来，就连喜欢雨天的罗妮娅也感到厌烦了。

他们连续几天都坐在山洞里，听着雨水不断地打击着洞外的石板。这样的天气根本没法生火，他们被冻得直打哆嗦，最后只得到森林里去跑步，使身体暖和一点儿。但是身上虽暖和了，可是衣服却被雨水淋湿了。他们只得又回到洞里，换掉湿衣服，裹上皮袄，希望天空能够出现一丝阳光，但是他们从洞口看到的仅仅是瓢泼大雨。

“我们赶上了一个多雨的夏季，”毕尔克说，“但是一切都会慢慢好起来的！”

雨终于停了，接着就起了大风。风在森林中呼啸着，把松树和云杉连根拔起，桦树叶子也被吹个精光。金色的秋天消逝了，河岸的峭壁上只有光秃秃的树木，然而狂风并没有罢休，它们似乎还想把一切树木都连根拔起。

“我们又遇到一个多风的夏天，”毕尔克无奈地说，“不过一切都会慢慢好起来的！”

但天气不但没好，反而更加糟糕。寒流来了，气温越来越低。他们再也不能生活在想象中的夏天了，冬天是无法避免的，起码罗妮娅就是这样想的。她夜里常做噩梦，一天她梦见毕尔克脸色苍白地躺在雪堆里，头发上都是冰霜。她大叫一声醒来。这时天已经亮了，毕尔克正在外面的火堆旁边干活儿。她飞快地朝他跑过去。当她看见他还是和以前一样长着红头发，上边也没有冰霜的时候，才平静下来。

河对岸的森林第一次出现了白霜。

“我们还遇到一个多霜的冬天。”毕尔克开着玩笑说。

罗妮娅不满地看着他。他怎么这样镇定？他怎么毫不在意？他难道不懂事吗？他拿自己的生命开玩笑吗？她知道，在马堤斯森林里是不能害怕的，不过现在她开始害怕了，她很担心冬天各种灾难都会降临在他们身上。

“好妹妹，你生气了，”毕尔克说，“你应该到别的火堆旁边去取暖，而不要在我的火堆旁边。”

于是她回山洞躺到自己床上。别的火堆——她没有别的火堆可去！他是指她家在石头大厅中的火炉。在令人绝望的严冬中，她也许在怀念那里的温暖。啊，她多么希望能有机会使身体温暖起来啊！但是她不能回马堤斯城堡，她早已经不是马堤斯的孩子了。家中的火炉再也不能使她温暖起来了，她很清楚这一点。事情就是这样。听天由命吧！现在已经走投无路了，再想又有什么用呢？

她发现水桶空了就想到山泉去取水。

“我把火生旺以后就去。”毕尔克在她身后大喊着。打满的水桶是很沉的，他俩要一起才抬得动。

罗妮娅走在山间崎岖的小路，她小心翼翼，避免头朝下摔到山底。她走进森林，不远处有一块林间草地，周围都是桦树和云杉，山泉就在旁边。但是还她没有走到泉水边就停住了。有一个人正好坐在山泉旁边，他竟然就是马堤斯，是的，就是他！她认出了他的黑色卷发。她心里扑通扑通地跳起来。她哭了，她就站在桦树中间默默地哭了起来。这时候她发现马堤斯也在哭。啊，竟然和她上次梦见的情景一样，他一个人坐在森林里，伤心地哭着。那时他还没有发现她来了，但是当他抬起头的时候，他看到了她。他马上用手遮住眼睛，他认为这样她就看不到他的泪水了。她一边喊一边跑过去，扑进他的怀里。

"我的好孩子，"马堤斯低声地说，"我的好孩子！"

然后他又大声地叫喊起来：

"我又有自己的孩子啦！"

罗妮娅趴在他的胡子下不停地流泪，抽泣着问：

"我是你的孩子吗，爸爸？我真的又是你的孩子了吗？"

马堤斯边哭边说：

"当然，像过去那样，我的罗妮娅！我的孩子，我为你哭了多少个日夜啊！天啊，我受了多少折磨！"

他推开她一些，看着她的脸，慈爱地问：

"洛维丝说，只要我来请你，你就回家，真的吗？"

罗妮娅没有说话。这时候她突然看见毕尔克了。他脸色苍白地站在桦树林里，眼睛里充满了忧伤。请不要悲伤——毕尔克，我的好哥哥，看你现在的模样，你到底在想什么呀？

"真的吗，罗妮娅？你要跟我回家吗？"马堤斯又问了一次。

罗妮娅还是没有说话，她看着毕尔克——毕尔克，我的好哥哥，你还记得那个"吞人"大瀑布吗？

"快回家吧，罗妮娅，我们马上走。"马堤斯开心地说。

毕尔克仍就站在那里，他知道罗妮娅要走了。他向罗妮娅告别的时间到了，他该把罗妮娅还给马堤斯了，还要向他表示感谢。一定要这样，他也很希望她能够回去。他已经思考很久了。为什么要这么悲伤？罗妮娅，你知道我心里有多难过吗，你还是回家吧！快走吧！

"我前几天没来，"马堤斯说，"我现在就请你回家。我真心地请你回去，罗妮娅，跟我回家去吧！"

"我从来没有这么为难过。"罗妮娅心想。她现在一定要说出心里话，即使她知道马堤斯听了会很伤心的，但是她一定得说：她想和毕尔克在一起。她不能让他独自在冬天的森林里被冻死——毕尔克，我的好哥哥，我跟你同生共死，你明白吗？

这时候马堤斯才发现毕尔克，他深深地叹一口气。然后他喊道：

"毕尔克·波尔卡松，请你过来！我有些话想对你说！"

毕尔克犹豫地走过来，不愿再靠近了。他不卑不亢地看着马堤斯，问，

"你想说什么话？"

"本来我应该好好收拾你，"马堤斯说，"但我并不这样做，我还真心邀请你去马堤斯城堡！你绝不要认为这是因为我喜欢你，只是我女儿喜欢你，也许我可能会慢慢喜欢你。这些事我想了很久！"

罗妮娅听完了马堤斯的话以后如释重负。近来压在她心头的那座沉重的冰山被她父亲的几句话融化在了春天的小溪里，一下子就如奇迹般地不用她在毕尔克和马堤斯之间做选择了！现在她深爱的这两个人，不用她放弃任何一个！这真是太神奇了，此时此刻就这样发生了！她怀着惊喜、崇敬和感激的心情看着马堤斯和毕尔克，然而她发现他却一点儿也不高兴，只是有些不可思义和疑虑。她害怕起来。如果他想不通又发起牛脾气怎么办呢？

"马堤斯，"她说，"我想单独和毕尔克说会儿话！"

"为什么呢？"马堤斯问，"好，那好吧，我先去看看我曾经住的熊洞。不过它马上就没用了，我们一会儿就回家了！"

"我们一会儿就回家了，"马堤斯走了以后，毕尔克冷冷地说，"什么家？难到他想让我到马堤斯绿林弟兄中去当受气包吗？永远不可能！"

"受气包？你真傻！"罗妮娅对他说，她真生气了，"你宁愿要冻死在熊洞里？"

毕尔克沉默了一会儿，说：

"是，我就是这样想的！"

罗妮娅听完后特别失望。

"一个人必须学会珍惜自己的生命，你知道吗？如果你再待在山洞里，你不但毁了你的生命！也会毁了我的生命！"

"你怎么能这样说？"毕尔克问，"我怎么毁了你的生命？"

这时候罗妮娅气得大叫出来：

"因为我也只能待在你身边，你这个笨蛋！快说，你到底是同不同意？"

毕尔克静静地站在那里，一直看着她，说：

"你知道，你刚才说的是什么，罗妮娅？"

"我知道，"罗妮娅喊叫着，"我的意思是我们同生共死！你知道的，笨蛋！"

这时候毕尔克开心地笑了，他笑的样子很迷人。

"我可不想毁掉你的生命，好妹妹！我就做一次最后的让步吧，无论你去哪儿我都跟着你去。如果必须要生活在马堤斯绿林弟兄中的话，我也只能答应，要我还有一口气！"

他们把火熄灭，把东西都包好。他们马上该离开熊洞了，还是有些舍不得。为了不让马堤斯听到而引起他不必要的担心，罗妮娅低声地对毕尔克说：

"明年春天我们再回到这儿！"

"好的，如果我们可以活到明年春天。"毕尔克说，不过他听了这句话还挺高兴。

马堤斯也高兴极了。他在前面走，他一开口唱歌，就把森林里的野马吓得逃散开来，只剩下"恶棍"和"野蛮"。它们温顺地站在那里，还以为骑手们又该骑着它们赛跑了。

"今天不去赛跑了，"罗妮娅说边抚摸着"恶棍"，"不过明天就行了。如果雪下得小，我们天天都可以去赛跑！"

毕尔克爱摸着"野蛮"。

"喂，我们还会回来的！你们要好好照顾自己！"

他们看到，马已经长出了一层厚厚的毛，不久就会换套冬天的衣服。

"恶棍"和"野蛮"也要迎接冬天了。

马堤斯早已走进森林，他边走边唱，而他们紧赶慢赶。他们走了很久才到野狼关。突然毕尔克停在那里停了。

"马堤斯，"他说，"我要回波尔卡山寨一下，看望我父母。如果你允许我可以随时到你那边去看望罗妮娅的话，我会很感激的。"

"当然，当然，"马堤斯回答说，"尽管对我来说不太容易，但是你还是可以过来的！"

然后他就笑了起来。

"你猜斯卡洛·帕尔那个老家伙说什么？他说，我们如果疏忽的话，官兵最后会得手。所以他说，最好的对策是马堤斯和波尔卡联合起来，这老家伙尽出馊主意！"

但是他还是带着和解的眼光看着毕尔克。

"可惜你的父亲是个坏蛋，不然的话这个提议我们可以考虑一下。"

"你自己也不是好人。"毕尔克友好地说。马堤斯听了哈哈大笑。

毕尔克把手递给罗妮娅。他们以前经常在这儿告别。

"再见了，绿林女儿！你永远永远都是我的好妹妹！"

罗妮娅点了点头。

"永远永远，毕尔克·波尔卡松！"

当马堤斯和罗妮娅回到石头大厅的时候，绿林弟兄们一言不发地待在那里。没一个人敢表示欢迎，好一段时间内马堤斯不允许他们在马堤斯城堡举行娱乐活动。但是只有斯卡洛·帕尔高兴地跳了起来，很不符合他的年纪，但他毫不在意。

"一定要放礼炮欢迎回家的人。"他说。这句话把马堤斯逗乐了，绿林弟兄们也都开心得流出了眼泪。这是自从地狱缝那件不愉快的事发生以来，他们的第一次欢笑。他们都笑得直不起腰，大家开心极了，罗妮娅也一样。但是当洛维丝从羊圈里回来时，大厅里突然又安静下来。一位母亲和自己失而复得的孩子重逢时是不能大笑的，绿林弟兄们都被那个场面感动地流出了眼泪。

"母亲，你能帮我把那个大澡盆拿来吗？"罗妮娅问。

洛维丝点了点头。

"一切我早就准备好了，水也正在烧!"

"我知道，"罗妮娅说，"你真是一个体贴、周到的母亲。你是不是从来没有见过像我一样脏的孩子吧?"

"从没见过。"洛维丝点头说。

罗妮娅躺在床上，吃得饱饱的，身上又干净又暖和。睡觉前她吃了一个洛维丝烤的面包，还喝了一大杯奶，让洛维丝给她洗澡，皮肤洗得又光又亮。此刻她躺在原来的床上，透过床帐看着炉里的火慢慢熄灭。一切都是原来的模样。洛维丝给她和马堤斯唱了《狼之歌》之后，该睡觉了。罗妮娅尽管已经困了，但是她的心里还有事儿。

"熊洞里现在也许很冷了，"她心想，"我躺在这里，浑身上下都很暖和。突然感到这样幸福，难道不令人奇怪吗?"随后她又想到毕尔克，"他在波尔卡山寨会怎么样呢?希望他从头到脚也很暖和，"她想，随后合上了眼睛，"还是明天再问他吧。"

石头大厅里静静的。突然马堤斯不安地大叫一声:

"罗妮娅!"

"怎么了?"罗妮娅迷迷糊糊地回答。

"我想问问你是不是在那里躺着。"马堤斯说。

"我当然在这儿躺着。"罗妮娅再次迷迷糊糊地回答。

一会儿她就睡着了。

十七

罗妮娅喜爱的森林又像以前那样成了她的好朋友，她同样也喜欢秋天和冬天的森林。在熊洞的最后几天里她觉得森林很可怕。但是现在她和毕尔克在下满白霜的森林里骑马嬉戏，这反倒令她很快乐，她向毕尔克描述着自己的心情:

"当我回到家里，全身上下都暖和的时候，我突然想我一年四季都能待在森林里。如果我在寒冷的山洞里冻得打哆嗦时，我也许就不会这样想了。"

本想在熊洞过冬的毕尔克回到波尔卡山寨后也得到很多温暖，他也很满意。

他必须住在波尔卡山寨，他心里很清楚，罗妮娅也一样。不然的话马堤斯山中的这两个绿林家族则会更加敌视。

"你肯定猜得到，当我回去的时候，我父母非常高兴。"毕尔克开心地说，"我真想不到，他们对我那么好！"

罗妮娅说，"你可以一直在那里住到春天！"

马堤斯也希望毕尔克能够住在他父母那里。

"当然，"他对洛维丝说，"只要这个狗崽子他可以随时来。我曾经邀请他来我们家住一阵儿。不过他不在我眼皮子底下也好！"

马堤斯城堡的生活又重新恢复了欢乐。绿林弟兄们唱歌、跳舞，马堤斯也像以前一样载歌载舞。

但是外出抢劫却仍然没有起色，他们和官兵的冲突日益剧增。马堤斯很清楚，现在官兵的确在搜捕他。他告诉罗妮娅原因：

"因为在那一个漆黑的夜里，我们把帕尔叶和波尔卡的两个人从那座恐怖的囚牢里救了出来。"

"里尔·克里奔说，帕尔叶很可能会被绞死。"罗妮娅说。

"绞死我的弟兄，做梦，"马堤斯说，"现在要让无能的官府知道，被他们囚禁的绿林弟兄已经消失了！"

但是斯卡洛·帕尔却不满地皱了皱眉头。

"正是因为这样，这么多官兵才会来，他们像苍蝇一样在整个森林里。官兵最后肯定会成功，马堤斯，我还要说多少遍，你才清楚？"

斯卡洛·帕尔现在又提出了马堤斯和波尔卡联合起来的对策，他认为现在还为时不晚。他坚持，一支强大的绿林人马可以抗衡众多的官兵，但是鹬蚌相争，最后只能使渔人得利。

马堤斯不愿意听这些道理，他只想找个机会考虑一下就行了。

"的确，老人家，"马堤斯说，"你的话也许有道理。但是你说该由谁当这支人马的首领呢？"

他轻视地笑起来。

"让波尔卡吗？但是我，马堤斯，才是森林中最强大的首领，决不能甘拜下风！但是小小的波尔卡不一定会服气。"

"那就让他看看，"斯卡洛·帕尔说，"和他比试，你力气过人，肯定能赢！"

这是斯卡洛·帕尔想了很久才想出来的办法：通过比武排定座次然后让波尔卡认输，最后在马堤斯城堡建立一支统一的队伍。大家拧成一股绳，共同进退，迷惑官兵，等他们厌倦了就会自动离开。这真是个好主意！

"我认为最好的主意是不再抢劫，"罗妮娅开口说，"我一直都是这样想的。"

"你说得太对了，罗妮娅！你太聪明了！但是我已经老了，我已经没有能耐让马堤斯改变观念了。"

马堤斯狠狠地瞪了他一眼。

"你只是我父亲和我手下的一个强盗，你也配讲出这样的话！不抢劫！你说，不抢劫我们吃什么？"

"你难道从来没有发现吗，"斯卡洛·帕尔说，"世界上有好多人没有抢劫，他们不也生活的好好的吗？"

"的确是这样，可是我们靠什么生活呢？"马堤斯质问。

"啊，有很多办法，"斯卡洛·帕尔解释说，"我倒可以教给你一个办法，但我要确信在你被抓之前坚决不当强盗的话。但是时机到了，我也会告诉罗妮娅一个秘密。"

"什么秘密？"马堤斯好奇地问。

"我说过了，"斯卡洛·帕尔说，"这是告诉罗妮娅的，省得你被绞死时，她束手无策。"

"绞死，绞死，绞死，"马堤斯生气地说，"住口，真晦气！"

时间慢慢流逝，可马堤斯并没有听从斯卡洛·帕尔的建议。

但是一天早上，马堤斯和绿林弟兄们刚备好马，波尔卡便飞马来到野狼关，有事要跟马堤斯讲。他给他们带来一个不好的消息。这是因为不久之前他的敌人慷慨地从官府的囚牢里救出了他的两个弟兄，他愿意做为回报。"今天不想死的绿林弟兄千万别到森林里去，"波尔卡警告说，"因为官兵已经设好了陷阱。"他刚从绿林走廊那里来，官兵早就在那里做好准备了。他的两个弟兄被俘，而另一个则在逃跑的时候受了重伤。

"这些坏蛋竟不让我们可怜的绿林弟兄混口饭吃。"波尔卡愤怒地说。

马堤斯也紧皱眉头。

"是的，我们一定要好好教训这帮不知轻重的家伙！否则这样下去怎么行？"

说完之后，他才发现他说了"我们"这个词，这时候他叹了口气。他静静地站在那儿，把波尔卡从上到下打量了一番。

"我们也许应该……联合起来。"他最后说，不过声音很小。他竟和一个波尔卡家族的人说这样的话！如果他的父亲、祖父和曾祖父在九泉之下听到了，不气疯才怪呢！

但是波尔卡却很高兴。

"你可说了有理的话，马堤斯！建设一支强大的绿林队伍，太好了！在一个强壮的首领领导下！我知道谁最合适，"他一边说，一边摩拳擦掌，"有勇有谋，非我莫属！"

这时候马堤斯却自信地笑起来。

"你过来，我告诉你，谁最应该当首领！"

于是斯卡洛·帕尔的愿望实现了。马堤斯和波尔卡将进行比试，他们都认为这是个好方法。双方的弟兄听到这个重要消息，也非常兴奋。比武的那天早上，马堤斯的绿林弟兄在石头大厅里高声吵闹，洛维丝只能把他们都赶出去。

"都出去，"她大喊着，"我忍受不了你们的喊叫！"

只听马堤斯一个人叫就够受的了。他不停地在石头大厅里走来走去，牙齿咬得直发响，而且大话连篇，说一定要把波尔卡揍得皮开肉绽，让温迪斯都认不出来。

斯卡洛·帕尔轻蔑地哼了一下。

"得胜归来再说大话，我母亲常这样说！"

罗妮娅厌烦地看着杀气冲冲的父亲。

"我不愿意看你和别人打架！"

"你别去看。"马堤斯说。妇女和儿童通常都不准去看。让他们看"野兽打架"没有好处。之所以用这个词来描述这种比武，是因为他们都会相互野蛮地厮打。

"但是你一定要去，斯卡洛·帕尔，"马堤斯说，"虽然你老了，但是'野兽打架'会让你开心的。走吧，老人家，骑着我的马。现在时间马上到了！"

这是一个寒冷而晴朗的早上，地面上铺了一层白霜，野狼关分别站着马堤斯和波尔卡的人，他们手持长矛，把两人围在中间。他俩将在这里比试，看谁更加适合当首领。

斯卡洛·帕尔则披着一件皮袄坐在附近的一个山坡上，像极了一只脱了毛的老乌鸦，但他神采奕奕，集中精力观看着下边的比试。

两位武士脱掉了所有的衣服，只有一件衬衣，光着脚站在结满白霜的地上。他们甩动着胳膊上的肌肉，前后左右来回跳动着，以便使身体运动开。

"你鼻子都被冻紫了，波尔卡，"马堤斯说，"不过我确定，你一会儿就会汗流浃背！"

"你也一定会这样。"波尔卡同样自信地说。

在"野兽打架"的时候，任何诡计和动作都被允许用。可以掰胳膊，拉下巴，可以抓也可以拉，可以扯也可以咬，还可以光脚踢。但是不能踢身体下面要害处，否则就算野蛮动作，谁要有这样的犯规动作就认为谁输了。

福尤索克发出了准备的信号，比武马上开始，在一片加油的呐喊声中，马堤斯和波尔卡互相冲过去，两人开始动手。

"对我来说太不幸了，"马堤斯边说，边用两只像熊掌一样的大手搂住波尔卡的腰，"你这个坏蛋，"——他使劲抱住波尔卡，但波尔卡仅仅出了一点儿汗——"不然你早就是我的副首领了，"——他双手拼命地抱住波尔卡——"小心把你的五脏给挤出来，"——马堤斯被抱得那么紧，波尔卡也气喘吁吁地喘着粗气。

但是波尔卡喘口气后，他猛得撞向马堤斯的鼻子，马堤斯的鼻血顿时喷射了出来。"真不幸啊"波尔卡说，"我一定要打你的猪鼻子，"——这时他又用力地撞了一下——"因为你早已就是那么难看了"——于是他又抓了马堤斯的一只耳朵，使劲抓住不松手。"两只耳朵，你也许只需要一只吧?"他边问边揪, 差点儿把马堤斯的耳朵揪掉了。但是最后他放手了, 因为在那一瞬间马堤斯就把他摔倒了, 用手使劲顶住他的脸, 他的脸马上要被压瘪了。"你把我打得太痛了,"马堤斯说,"让我也好好收拾你, 让温迪斯每看到你一次都痛哭一场。"说完他又用了用力, 不过这时波尔卡突然用牙齿咬住了马堤斯手上的一块肉, 他一直咬住没松口。马堤斯大叫一声, 想把手从波尔卡的嘴里抽出来。但是波尔卡仍然不松口, 直到他不得不喘口气。于是他把几小块肉皮啐在马堤斯的脸上。"还给你, 拿回家喂猫吧。"他边说边喘着粗气, 因为马堤斯全身都压住他了。比武结束了, 尽管波尔卡的牙齿很尖, 但是他的确不如马堤斯力气大。

比武完成以后, 马堤斯像首领一样骄傲地站在那里, 满脸是血, 被撕碎的衬衣在风中飘动。每个绿林弟兄都得承认, 他的确是一个名副其实的首领。但还有一些人感到难过, 特别是波尔卡。

波尔卡觉得很丢人, 他都要哭出来了, 但是马堤斯对他说了一些安慰的话。

"波尔卡兄弟, 从此我们就是弟兄了。"他说,"你永远有首领荣誉, 你的人马还归你率领。但是不要忘了, 我马堤斯是全天下森林中最强大的首领, 从现在起, 我们的话都有效力, 请记住吧。"

波尔卡只是点点头, 此时他不愿再说什么了。

那天晚上马堤斯在石头大厅为马堤斯城堡里所有的绿林弟兄——自己的人以及波尔卡的人——举行晚宴, 这真是一次酒肉丰盛的晚宴。

在这个晚上, 马堤斯和波尔卡越来越友好。他们坐在长桌子旁边哭着笑着, 他们回忆起童年时期在那个旧猪圈里捉老鼠的场景。他们还回忆了很多其他有趣的事情。绿林们都听得很入迷, 还不时发出笑声, 罗妮娅和毕尔克在桌子边上也听得入了神。他们银铃般欢快的笑声掩盖过了绿林弟兄们粗野的声音, 马堤斯和波尔卡听到他们开心的笑声, 也高兴极了。很久以来, 马堤斯城堡既没有罗妮娅的笑声, 同样也没有毕尔克的笑声。直到现在, 他们还对两个孩子回到家里感到新鲜和快乐。在他们的耳朵里, 孩子们的笑声就是最动听的乐曲。他们一兴奋起来就把话题扩展到童年以外的其他方面去了。

就在这个欢乐的时刻, 马堤斯开口说话了:

"别在为今天的事伤心了，波尔卡！波尔卡家族会越来越兴旺。当你我都不在世的时候，我肯定你的儿子会当首领，因为我的女儿不愿意当。她说到做到，跟她母亲一样，说一不二。"

波尔卡听了心里特别高兴。但是罗妮娅却隔着桌子大喊道：

"你认为毕尔克愿意当这个首领吗？"

"他肯定愿意。"波尔卡确定地说。

这时候毕尔克走到大厅中央，站在那里，大家都盯着他。他举起右手，庄严发誓，他保证他永远不会做绿林强盗。

这时石头大厅里死一样地沉静。波尔卡含着眼泪在那里坐着，他为自己的不争气的儿子而伤心。不过马堤斯一直在安慰他。

"我早就习惯了，"他说，"你也要慢慢习以为常！现在的孩子太难管。随他们去吧，习惯了就好了。不过话是这么说，做起来可不简单！"

两个首领一直坐在那里，无耐地想象着未来，马堤斯家族和波尔卡家族为之自豪的绿林生活将很快成为过往而被人遗忘。

直到他俩又说到在猪圈里捉老鼠的时候，才欢乐起来，尽管这两个倔强的孩子惹他们生气了。但是他们的绿林弟兄却争着用欢乐的绿林歌曲和粗犷的舞蹈为他们排忧。他们舞蹈时把木制地板踏得咚咚响。毕尔克和罗妮娅也开心地跳着，罗妮娅教了毕尔克很多欢快的绿林鱼跃舞。

而这时，洛维丝和温迪斯则坐在另一个大厅里。她们边吃边交流。在很多方面，她们没有共同语言，但只在一件事情上的看法是一致的：找个时间让耳朵好好休息一下，最好一点儿男人的声音也别让听见。

晚宴进行了很久，一直持续到由于斯卡洛·帕尔疲劳过度倒在地上为止。尽管他不年轻了，但他仍然兴奋不已，不过这时他实在撑不住了，罗妮娅把他扶回房间。他疲累地躺倒在床上，脸上仍然留有欣慰的微笑，罗妮娅把皮袄盖在他身上。

"这下我可放心了，"斯卡洛·帕尔说，"毕尔克和你都不想当绿林强盗。我承认过去当绿林是很有趣。但是现在越来越艰难，也许稀里糊涂地就被绞死了。"

"是呀，而且被抢的人又哭又叫，"罗妮娅同意地说，"我可不愿干这种事。"

"说得对，好孩子，你决不会干这种事，"斯卡洛·帕尔说，"不过现在我想给告诉你一个小小的秘密，但是你保证不说出去。"

罗妮娅答应不说出去。

于是斯卡洛·帕尔紧握住她暖暖的小手，捂热自己冰冷的手，然后开始叙述他的秘密：

"亲爱的小宝贝，"他说，"小时候我跟你一样，每天都待在森林里，有一天我救了一个灰矮人，当时人面鹰身女妖正要抓它。一般的，灰矮人对人有敌意，可是那个却不一样，他不让我走，一定要感谢我，一定要给我……啊，马堤斯过来了，"斯卡洛·帕尔突然说，这时马堤斯正站在门口，好长时间没见到罗妮娅，他特地来这里找她。晚宴已经结束了，现在是听着《狼之歌》睡觉的时候了。

"我一定要在睡之前听完这个故事。"罗妮娅坚持说。

当马堤斯等在那里的时候，斯卡洛·帕尔在罗妮娅耳边继续低声说。

"太好了。"听完了整个故事以后她兴奋地说。

黑夜来到了，马堤斯城堡所有野蛮的绿林弟兄都入睡了。但是马堤斯仍在卧室里不停地叫苦。尽管洛维丝已经在他的所有伤口都涂了药膏，还是都没用。安静下来以后，他很快就感到痛了，稍微一动，伤口就会钻心地痛，痛得他连眼都合不上。更使他不满的是，洛维丝躺在旁边睡得又香又甜。他忍不住把她叫醒了。

"我要痛死了，"他说，"希望波尔卡那个家伙在家里，比我痛得还严重！"

洛维丝翻下身，对着墙。

"这些男人们。"她一边说着，一边又立刻睡着了。

十八

"年纪大了怎么能坐在寒冷的外面看'野兽打架'呢？"洛维丝埋怨着说。第二天斯卡洛·帕尔浑身上下酸痛打颤，不想起床。痊愈之后，很长时间里他也不愿意起床。

"我躺着和坐着是一样的。"他解释说。

马堤斯每天都去屋里看他，告诉他一些绿林生活的新变化。马堤斯很满意："波尔卡干得很好。"而且他们也没吵过架。另外波尔卡还很有谋略，他们一起密谋了几次成功的打劫行动。他们把官兵骗得晕头转向，开心极了。马堤斯非常确信，很快官兵就会全部撤出马堤斯森林。

"哼，胜利之后再吹牛。"斯卡洛·帕尔低声自言自语说。不过马堤斯并没有听到，他也没有闲情在那里久坐。

"你瘦了，"走之前他伤心地说，他用手抚摸着斯卡洛·帕尔，"腿上再有点儿肉就好了，那样你又可以站起来了！"

洛维丝尽心照顾着斯卡洛·帕尔，她送来热手的姜汤以及其他斯卡洛·帕尔爱吃的东西。

"喝点儿姜汤，暖和暖和。"洛维丝说。但是姜汤并不能驱散斯卡洛·帕尔身上的寒冷。洛维丝着急起来。

"我们把他抬到石头大厅那里去，那里暖和点。"一天晚上她对马堤斯提议说。于是马堤斯用他强壮的胳膊把斯卡洛·帕尔抱到石头大厅去。马堤斯和他睡一个床。而洛维丝和罗妮娅睡一个床。

"我这把老骨头可算被'融化'开了。"斯卡洛·帕尔开玩笑地说。

马堤斯身上暖暖的，斯卡洛·帕尔紧紧挨着他，就像小孩子靠在母亲身边寻求温暖和关爱一样。

"你别挤呀。"马堤斯说。但是斯卡洛·帕尔没有听，照样紧靠着他。第二天早晨，他也不想回自己屋里。他认为睡在马堤斯的床上睡觉很舒服。他白天就躺在那里看洛维丝干活儿，晚上听绿林弟兄们围在他身边给他讲抢劫的事。罗妮娅也到他身边来了，讲述她和毕尔克在森林里玩的趣事。斯卡洛·帕尔听了很满意。

"当我盼望的那件事成真时，我就心满意足了。"

"什么事？"马堤斯问道。

"你猜猜吧！"斯卡洛·帕尔回答。

马堤斯猜不出。但是他却惊恐慌地发现，斯卡洛·帕尔身体的越来越虚弱。他问洛维丝：

"他到底有什么病？"

"他老了。"洛维丝回答说。

马堤斯担心地盯着她。

"他不会死吧?"

"他会死的。"洛维丝无耐地说。

这时马堤斯痛哭起来。

"啊,不要,"他喊叫着,"我不想让他死!"

洛维丝摇了摇头。

"你可以管天、管地,但是马堤斯的生老病死,你管不了的!"

罗妮娅也担心着斯卡洛·帕尔的身体。自从他生病以来,她经常呆在他身边。现在他却总是闭着眼在床上躺着,只是偶尔睁开眼看看她。这时他笑着问她:

"亲爱的小宝贝,那件事你没有忘记吧?"

"没有,我一定会找到的。"罗妮娅肯定地说。

"你终会找到,"斯卡洛·帕尔信任地说,"时间一到,你就会找到了!"

"的是,我一定会去找。"罗妮娅坚定地说。

然而一段时间以后,斯卡洛·帕尔的身体更加虚弱。

那一天终于来了。一天夜里,马堤斯、洛维丝、罗妮娅和所有的绿林弟兄都来看望他。他双眼紧闭,动也不动地躺在床上。马堤斯焦虑地寻找生命的迹象,但床的旁边一片昏暗,只有床边的火炉和洛维丝点着的羊油烛发出光亮。啊,一切生命迹象都消失。马堤斯突然大叫起来:

"他死了!"

这时斯卡洛·帕尔却睁开一只眼睛,不满地盯着他。

"我还没死!难道你不认为,在我离开这个世界之前,我要理智地向大家告别吗?"

然后他眼睛又闭上很长时间,大家都静静地站在那里,听着他虚弱的呼吸声。

"但是现在,"斯卡洛·帕尔边说边用力睁开眼睛,"现在,我的好朋友们,我要和你们永别了!我要死了。"

他就这样离开了大家。

罗妮娅从来没有见过这样的场景，她哭了出来。"他近来是太疲倦了，"她想，"现在他也许去了一个我不知道的地方休息了。"

但是马堤斯在石头大厅痛哭着，他一边走，一边喊着：

"他一直都和我在一起！但是现在他不在了！"

他一遍遍地重复着这句话：

"他一直都和我在一起！但是现在他不在了！"

这时洛维丝说：

"马堤斯，你明白，不可能会有人永生。谁都有生老病死，世界一直是这样，有什么可抱怨的?"

"可是他最懂我，"马堤斯大声喊叫着，"他最理解我，我心里好难过！"

"让我抱你一会儿好吗?"洛维丝问道。

"好，抱着我吧，"马堤斯大声说，"罗妮娅，你也过来抱我一会儿！"

然后他坐下，靠在洛维丝和罗妮娅身边，伤心地为一直和他在一起、而现在却永远离开他的斯卡洛·帕尔痛哭着。

第二天他们就把斯卡洛·帕尔葬在河边。冬天来了，这一天是第一次下雪。当马堤斯与他的绿林弟兄一起把斯卡洛·帕尔的棺材向墓地抬的时候，柔软的雪花飘落在棺材上。棺材是斯卡洛·帕尔在世的时候自己就做好的，多年来一直放在在藏衣室的最里边。

"一位绿林清楚他何时需要棺材。"斯卡洛·帕尔生前曾这样说过。他在生命的最后几年里，经常在想要过多久棺材才能够派上用场。

"不过迟早会用上。"他这样说。

现在就派上用场了。

城堡里的人都很怀念斯卡洛·帕尔，整个冬天里马堤斯都郁郁寡欢。绿林弟兄们也都闷闷不乐，这是因为马堤斯的心情影响着马堤斯城堡里的喜怒哀乐。

冬天已经到了，罗妮娅和毕尔克去了森林。当她在山坡上滑雪时，就忘了所有的忧愁。不过当她一回到家，看到马堤斯愁容满面地坐在火炉前，就又想起来了。

"安慰一下我吧，罗妮娅，"他说，"帮我解下忧愁吧！"

"春天很快就到了，春天到了一切都会好起来。"罗妮娅说。可是马堤斯还是不信。

"斯卡洛·帕尔再也见不到春天了。"他难过地说。罗妮娅再也想不出别的安慰他的话。

冬去春来，生老病死，这是大自然的规律。马堤斯的情绪变得好多了，春天到了，他高兴地吹着口哨，唱着歌，带着绿林弟兄骑着马穿过野狼关。波尔卡和他的人马已经等在那里了。啊，漫长的冬天终于过去了，抢劫的生活又开始了！马堤斯和波尔卡都以此为乐，好像他们天生就是绿林强盗，没有一点儿理性。

但是他们的孩子比他们更有智慧，他们有着和父辈不同的爱好。雪融化后，他们就去骑马，很快他们就要搬回熊洞去住。

"我真心为你永远不做绿林而骄傲，毕尔克。"罗妮娅高兴地说。

毕尔克笑了。

"坚决不当，我已经发过誓了。但是你和我靠什么为生呢？"

"我想想，"罗妮娅回答说，"我们去当矿山主，怎么样？"

这时候她对毕尔克讲述了斯卡洛·帕尔的银山故事，这是一个灰矮人为了回报他的救命之恩而告诉他的。

"那里有很多银子，就如同苹果那么大，"罗妮娅说，"可是这故事是真的还是假的呢？斯卡洛·帕尔说这是真事。我们有时间骑马去那儿去看看，我清楚银山在哪里。"

"不过不要着急，"毕尔克说，"一定要保密！要不所有的绿林弟兄都会去那儿找银子！"

这时候罗妮娅笑了起来。

"你就像斯卡洛·帕尔一样聪明。他曾经说过绿林弟兄都像秃鹰一样贪婪，所以我就只告诉了你！"

"不过现在我们没有银子也可以生活下去，好妹妹，"毕尔克说，"我们需要的是其他东西！"

春天越来越近了，罗妮娅想着怎样把她又要搬回熊洞去的这件事告诉马堤斯。马堤斯是一个很奇怪的人，谁也拿不准他的脾气。

"我原来住的那个洞挺好的，"他说，"这时住在那里比住在这里强多了！是不是，洛维丝?"

洛维丝早已对他反复无常的性格习以为常了，所以并没有感到奇怪。

"要是你父亲同意你就去吧，孩子，"她说，"尽管我会很思念你的!"

"不过秋天你一定要回来，就像以前那样，"马堤斯叮嘱说，说的好像过去几年罗妮娅一直就这样搬进搬出马堤斯城堡一样。

"对，像以前那样搬回来。"罗妮娅保证。这件事这么容易的解决了，她真是又兴奋又惊喜。她原来还准备大闹一场。马堤斯在那儿坐着，仿佛在回忆童年猪圈里捉老鼠的趣事。

"啊，当年我在熊洞住的时候，条件可比不上现在。"他回忆说，"不要忘了，那个山洞本来是我的，不时地我还会去看看你们!"

当罗妮娅把这些话说给毕尔克听的时候，毕尔克学着马堤斯的口气说：

"他随时可以来⋯⋯"他另外补充说，"但是这个红鬼不在我眼皮底下也不错!"

又是一个早晨。好像就像世界上第一个早晨那样美丽！熊洞中的人从森林中走过，他们周围是美丽的春天。春天就在树上，在水中，还在绿色的灌木丛里，一切是那么的生机勃勃，春意盎然。叽叽，喳喳，呜呜，沙沙，到处都是虫鸣鸟叫，处处可以听见春天强健嘹亮的歌声。

他们来到山洞——他们在野外的家。一切如故，既舒适又亲切：河流依旧在下边汹涌奔腾，森林也照射在阳光下。一个新的春天，但是同往年的春天一样温暖。

"不要被吓到，毕尔克，"罗妮娅说，"我要对春天欢歌了!"

她如同一只鸟儿一样欢叫着，欢快的声音一直传到远处的森林。

小洛塔和她的哥哥姐姐

洛塔要长大

爸爸总是说，家里没有孩子的时候又安静了，但是当约纳斯大得会咚咚地敲他那张小床的围栏时，就吵闹起来了。

约纳斯是我的哥哥。我是玛丽亚。我们还有个叫洛塔的妹妹。

星期天早上爸爸想睡会懒觉，约纳斯总是咚咚地闹。他越闹越厉害。于是爸爸叫他大闹闹。叫我小闹闹。其实我并不像哥哥那么吵闹。有时候我可以连续几个小时静静的，一丁点儿也不吵闹。

后来我家又多了个小女孩，就是洛塔。爸爸叫她小花生米。我也不清楚为什么要叫她小花生米。

妈妈都叫我们的正式名字：约纳斯、玛丽亚、洛塔。可她有时候叫我咪咪玛丽亚，约纳斯和洛塔也都像她那么叫我。

我们的姓是马尔滕，我们住在一幢黄色的房子里。

洛塔因为没我们大，常为此而生气。我和约纳斯可以自己单独走到广场那儿。却不能让洛塔她一个人自己去。

我和约纳斯每星期六上午都去那儿买糖吃。我们总给洛塔稍点儿回来，这是必须要带的。

春季里的一个星期六，雨下得很大。我们应该待在家里了。但是我们却拿了爸爸的大雨伞冒着大雨去。我们去铺子里买了奶油棒糖和泡泡糖，打着雨伞，回家的路上一直吃着奶油棒糖。洛塔早就在窗口眼巴巴地等我们了。

可怜的洛塔！连院子也去不了，雨下得真大啊。

"为什么总是下雨呢？"洛塔问道。

"下雨能使蔬菜生长，这样咱们就有蔬菜吃了。"妈妈回答说。

"那雨为什么要下在广场那儿？"约纳斯问，"是为了让糖果长大吗？"

听完这话妈妈大笑起来。

那天晚上我们在床上，约纳斯对我说："咪咪玛丽亚，咱们到乡下去看爷爷和奶奶的时候，别在菜地种胡萝卜，种点糖果吧。"

"胡萝卜对牙有好处，"我说，"但是咱们可以用我那把绿色小喷水壶给它们浇水——我指得是糖果。"

一提到我那把绿色小喷水壶，我就高兴极了。它在乡下爷爷和奶奶家地下室的架子上放着。夏天我们总去他们家。

去年夏天在他们那里，你肯定不会猜出洛塔做出些什么事。牲口栏后有一大堆肥料。爷爷的助手约翰松先生帮忙把肥料撒在地里让东西赶快长大。

"肥料作用是什么？"洛塔问。

爸爸对她说："把它撒在土里，可以使土里的东西长得更好。"

"还要下雨才行。"洛塔马上接着说。她想到了那个星期六下大雨倾盆的时候妈妈曾对约纳斯说的话。

"你说得对，洛塔。"爸爸高兴地说。

那天下午突然下起了大雨。

"你们看见洛塔了吗？"爸爸问大家。

我们大家都摇摇头。好一阵儿没见她了，于是大家就去找。

我们首先在屋子里找——柜子里、阁楼里、地下室里，到处都找遍了可洛塔连半个影子也没有看到。

这时爸爸着急起来了。他答应过妈妈要看好她的。

"她肯定在外面。"爸爸说。

我们于是去外面牲口棚寻找。我们几乎找遍了每个的角落，连放干草的顶棚也找过了。可是还是没见洛塔。

接着我们到牲口棚后面去找。那不是她吗！——她正在雨中，全身上下水淋淋，站在一堆肥料里。

"我的天，你在那儿做什么，小花生米？"爸爸大叫起来。

"我想赶快长大，我想长得跟约纳斯和咪咪玛丽亚一样大。"洛塔解释说。

有时候洛塔就会幼稚到这种地步！

我们玩啊玩啊玩

约纳斯和我天天做游戏。只有洛塔也会玩的时候，我们才会和她一起玩。

我们有时候玩海盗游戏，就不让洛塔参加。她总是挡住我们的路，还老从桌子上掉下来，桌子可是我们的船。她弄翻了桌子就会哭，哭了之后还是要玩。

有一次约纳斯和我又开始玩海盗游戏了，洛塔一点都不让我俩好好玩。于是约纳斯问她："你知道怎么玩吗？"

"就站在桌子上蹦蹦跳跳呗，就该这么玩。"洛塔回答说。

"还有其他好得多的玩法，"约纳斯对她说，"比如你可以躺在床底下，一动不动。"

"为什么？"洛塔奇怪地问。

"你就躺在床底下扮海盗，不停地说：'接着吃，接着吃，接着吃。'海盗就这么做的。"约纳斯说。

洛塔相信了他的话。于是她爬到床底下说："接着吃，接着吃，接着吃。"她一直在说，说个不停。

这时约纳斯和我爬上我们的桌子，当洛塔还在她的床底下一直说"接着吃，接着吃，接着吃"的时候，我们就坐船出海了。看着洛塔那副样子，比玩游戏还要有意思。

"喂喂，海盗躺在床底下一直说'接着吃，接着吃，接着吃'，要说到什么时候啊？"洛塔终于耐不住了。

"说到过圣诞节为止。"约纳斯回答说。

于是洛塔马上打床底下爬出来。"我不要再当海盗了，他们太蠢了。"

她说。

有时候我们做游戏也少不了洛塔。比如，在玩守护天使的时候，洛塔就帮了我们不少忙。这个游戏，要有个人让我们守护，于是我们就守护洛塔。她躺在她的小床上，我们分站在她两边，抖动着胳臂，假装拍翅飞翔，守护着她。可洛塔却不喜欢这个游戏，因为又是让她动也不动地躺着，和她扮海盗时一样，不同之处在于扮海盗是躺在床底下。

有时候我们还会玩病人看医生的游戏。约纳斯扮演医生，我扮演护士，洛塔扮生病的孩子，又要躺在她的小床上。

"我可不想老躺在床上，"上次我们请她扮演生病孩子的时候，她说，"我要扮演医生，用羹匙给咪咪玛丽亚喂药。"

"你可不能当医生，"约纳斯说，"你又不会写病情。"

"我不会写什么？"洛塔反问道。

"不会写病情，医生是要写病情的。要写上照顾生病孩子的方法。"约纳斯解释说。

约纳斯会一笔一画地描字，尽管他还没有上学。此外他还会读书。我们都要到七岁才上学。

我和约纳斯终于说服了洛塔，让她躺到床上扮演生病的孩子。

"你哪里不舒服，小姑娘？"约纳斯问她。他装出来的声音，跟我们出麻疹时来治疗的医生简直是一模一样的。

"接着吃，接着吃，接着吃，"洛塔说，"我现在扮演的是海盗。"

"别傻了！"约纳斯大叫起来，"不要胡闹。你再这么胡闹，我们不和你玩了。"

于是洛塔重新躺下来，又变成生病的孩子。我们为她包扎她的胳膊。约纳斯拿出一个大线团芯放在她胸口上。通过线团芯的洞他听出来，她的胸口的状况很不好。他把一个羹匙塞到她嘴里，从她的嘴里看得出病得很严重。

"我要给她打针。"约纳斯说。

有一次约纳斯生病，医生给他打了一针后，他就好了起来，所以由此他想到要给洛塔打针。约纳斯拿起出一根编织针，假装是医生用的那种针。

可洛塔不让他打针。她两脚乱踢，大叫起来："别把针插进去！"

"喂，傻瓜，咱们只是装着玩的，"约纳斯安慰她说，"我不会真把针插进去，你知道吗？"

"我不要玩针。"洛塔哇哇大叫。

这样，医生看病的游戏不能再玩了。

"那好吧，我要写病情了。"约纳斯接着说。于是他就坐在桌子旁边，拿着蜡笔在纸上写字。他认真地写，可我还是不清楚他写了些什么。他写的是：

生兵的小古良要照了，生兵的小古良要听医生的话打针。约纳斯·马尔滕

约纳斯和我都认为这个游戏很有趣。可洛塔却说有什么好玩的。

贝格太太

贝格太太是我们的邻居。我们常去看她。她家花园和我家花园只有一道板墙相隔。约纳斯和我能够翻过墙头，可洛塔却翻不过去。贝格太太的狗在一块木板底下挖了个小洞，洛塔就从洞里钻过去。

有一次，我们在贝格太太家玩得开心极了。她有一个写字台，上面还有许多小抽屉，里面都是些好玩的东西。

"对不起，贝格太太，我们可以看看您那些好玩的东西吗？"约纳斯问道。

"当然可以。"贝格太太说。她让我们看的第一件东西是个小洋娃娃，还是很久以前她小时候曾经玩的。这洋娃娃叫做罗莎。

贝格太太年纪很大了，但没洛塔想像的那么老。

"您带着罗莎上诺亚方舟的吗？"洛塔好奇地问她。

前一天晚上，爸爸刚给我们讲过诺亚方舟的故事，故事讲得是一个叫诺亚的老人为自己做了一只叫方舟的大船。后来下了好几个星期的暴雨，不在诺亚方舟上的人都被洪水淹死了。这是好几千年以前的事啊。

贝格太太听了以后哈哈大笑说："亲爱的洛塔，我可没有上过诺亚

方舟!"

"那您怎么活下来的呢?"洛塔好奇地问道。

贝格太太让我们看她用抽屉给罗莎做的床。她还用软软的粉红色布做了床垫,用绿色的绸缎做了被子。罗莎穿了一条蓝色的裙子。

另一个抽屉里放着一个玻璃小篮子,里面有粉红色的玫瑰花。"我们可以玩一玩罗莎洋娃娃和这个篮子吗,贝格太太?"我问她。

贝格太太点头答应了。于是我们就把玻璃小篮子挂在罗莎的胳臂上,让她当做①小红帽,带着吃的和一瓶果汁去看她的奶奶,钢琴上面还有一盘巧克力糖。有些做成小瓶子的模样,外面还包着一层锡纸。

我们把一块巧克力糖就放在小红帽的篮子里,里面还有贝格太太给我们的葡萄干和杏仁。贝格太太有只叫斯科蒂的狗当那只大灰狼,而我做她的奶奶,约纳斯做猎人,他最后会开枪打死大灰狼。

"那我呢?"洛塔大叫起来,"我做什么呢?"

于是我们就让洛塔抱着挽住玻璃小篮子的罗莎,替小红帽说她说的话,因为罗莎自己不会说话。可等小红帽到达奶奶家时——就是贝格太太的起居室,——玻璃小篮子里的葡萄干和杏仁就一点都没有了。

"给奶奶带的吃的呢?"约纳斯问她。

"都被罗莎给吃了。"洛塔辩解说。

这么一来,约纳斯就不要洛塔再扮"小红帽"了,斯科蒂也厌烦了玩吃奶奶的把戏。约纳斯抓住它时,它来回扭动,最后终于挣脱了身。它爬到沙发下面,不时伸出头来向我们叫。斯科蒂并不欢迎我们到贝格太太家玩。

我们接着看贝格太太写字台里的其他东西。她有一个红缎子做的针插,形状像一颗心。此外她还有一幅很小的画,裱在金框里,画的是一个漂亮的仙女,有着一头长长的银发,还长着一对大翅膀,穿着白色的长纱衣。洛塔非常喜欢那幅画,我也很喜欢。

"可仙女有一对大翅膀怎么穿那件长纱衣呢?"洛塔很想知道。

---

①《小红帽》是法国童话,说小红帽这个小姑娘带了食物到林子里去看奶奶,大灰狼先到奶奶家,吃了奶奶,扮成奶奶等小红帽来。来了个猎人,把大灰狼打死了。

"可能纱衣背上有一个拉链吧?"约纳斯推测说。

贝格太太给我们烤蛋饼吃。每当我们去看她时,她总是给我们做。"春天天气这么好,我请你们在花园里吃蛋饼,喝热呼呼的巧克力。"她热情地说。

贝格太太去厨房了,剩我们三个人在起居室里。太热了,房间里的两个窗子都开着。约纳斯和我趴在同一个窗口上,约纳斯从口袋里拿出一颗弹子扔给我,我再把弹子扔回去。我们两个就这样来回扔着弹子。我突然不小心,把弹子扔到窗外了。它一直滚到草地上。约纳斯想出个办法,看看我们谁可以首先爬出窗子。我们使劲向窗外爬。没想到约纳斯却掉了下去。我吓了个半死。贝格太太也慌了起来。她恰好在约纳斯掉下窗子时进来的。

"约纳斯!"她大叫起来。

约纳斯这时候已经坐在草地上。他脑袋上磕出了一个大疙瘩。

"天呐,你怎么会掉下去的?"贝格太太担心地问。

"咪咪玛丽亚和我比赛看谁首先爬出窗口,结果我赢了。"约纳斯还兴奋地说。

当约纳斯和我比赛的时候,洛塔在沙发上发现了贝格太太正在织的东西。贝格太太专门织毛线衣卖给别人。顽皮的洛塔拔出了织针,把贝格太太正在编织的东西全给折坏了。她坐在沙发上毛线缠住全身,又是推又是拉的。

"洛塔,看你做的好事?"贝格太太大叫起来。

"我正在做毛绒衣。"洛塔还高兴地说,"快看,毛线都卷了起来。"

然后贝格太太说,我们最好还是去外面花园里去吃我们的蛋饼,吃完就回家去。

于是我们就坐在贝格太太的花园里喝巧克力,吃洒上糖的蛋饼。坐在太阳底下,麻雀在身边跳来跳去。我们喂它们吃蛋饼屑,真是太开心了。

一会儿贝格太太过来说,我们该回家了。于是约纳斯和我爬过墙头,洛塔从围墙下的那个洞钻过去。我们到了家,去厨房去看晚上有什么吃的。

"晚上吃鱼。"妈妈说。

"还好我们吃了很多蛋饼。"约纳斯嘀咕着说。

"你们又去贝格太太家啦?"妈妈说,"她看见你们开心吗?"

"噢,挺开心的。"约纳斯回答说,"她一共开心了两次——一次是我们去,一次是我们走。"

贝格太太是我们认识最好的人。

我们去野餐

有一天爸爸说:"我们星期天去野餐。"

"太好了!"约纳斯和我高兴地叫起来。

"野餐好啊好啊好!"洛塔也嚷嚷说。

星期天,妈妈一大早就起来了,做夹心面包,还有煎薄饼。

妈妈还在保暖瓶里给我们灌满了热呼呼的巧克力,给她自己和爸爸灌了一保暖瓶咖啡。此外我们还有柠檬汽水。

爸爸把汽车开到大门口。

"好了,看我们能不能都坐上这辆娃娃车,"他说,"天呐,怎么装得下妈妈、大闹闹、小闹闹、小花生米还有26个薄饼和我都不清楚数目的夹心面包呢?"

"还有班西。"洛塔补充说。

班西是那只粉红色的大布猪,洛塔到处都带着它。她觉得那是头狗熊,因此总叫它小狗熊班西。

"它是头猪,它一直就是猪!"约纳斯总是这样对洛塔说。

洛塔坚持说,班西就是头狗熊。

"狗熊怎么会有粉红色的呢,"约纳斯逗她,"再说,洛塔,它到底是头北极熊呢还是头普通狗熊呢?"

"它是猪猡狗熊。"洛塔自信地说。

洛塔还要带这头猪猡狗熊一起去野餐。等我们都坐在车上后,她问道:"妈妈,猪会生孩子吗?"

"你指的是班西还是乡村里真的猪?"妈妈问她。

洛塔说她讲的是真的活猪,不是指班西那种狗熊。妈妈说真的活猪当然能够生孩子。

"它们肯定不会。"约纳斯插嘴说。

"可你清楚它们会生的。"妈妈说。

"它们不会生孩子,"约纳斯解释说,"它们只会生小猪。"

我们都笑了起来。爸爸说大闹闹、小闹闹和小花生米是他这辈子见到的最聪明的人。

爸爸把车一直开到一个小湖边,然后把车停在林子里的路边。我们大家都帮着把野餐要吃的东西搬到湖边来。

有一条长长的木板一直通到湖水那里,约纳斯和洛塔想去木板的那头看看那里有没有鱼。妈妈坐在草地上,对爸爸说:"我要在这儿安静地躺一天,你照顾好孩子吧。"

爸爸跟我们一起去木板的那头。我们趴在木板上看有很多小鱼在四周快速地游来游去。爸爸从林子里捡来几根长树枝,帮我们做了钓鱼竿。他在钓鱼竿的一端上系上线,线的另一头再系上针做钓钩。我们用面包屑当做鱼饵,坐在那儿一动不动地钓了好一阵儿鱼。不过我们最终什么也没钓到。

然后我们走进树林,妈妈嘱咐我们别走得太远了。

我们看见一只鸟飞进飞出矮树丛。我们走过去想靠近点看,原来在靠近地面的地方,有个鸟窝在矮树枝中间,里面有四个小小的蓝色鸟蛋,我从来没见过这么漂亮的蛋。

洛塔想要在这儿看鸟窝。她把班西举起也让它瞧瞧。这时约纳斯和我看见一棵可以爬的很高的树,于是叫洛塔和我们一起走。

我不害怕爬树,约纳斯也不害怕,可是洛塔却害怕爬树。我们只好帮着她。

可她爬了一会儿就哇哇叫起来:"我要下去,我要下去!"

当她到了树下,她不满地抬起头朝树上看,说道:"只有疯子才会爬这样的树!"

我们还想继续爬,可是妈妈叫我们去吃东西了。于是我们跑回了湖边。妈妈已经在草地上铺好了餐布。她摆好夹心面包、薄饼和其他好吃的。甚至还在一个玻璃杯里插上了黄花,放在中间。

我们一家人围成个圈在草地上坐着，觉得在这里吃饭比在饭厅桌子旁有趣多了。薄饼非常好吃，因为我们在上面抹了果酱洒了糖。夹心面包味道也不错。我最喜欢的是烤牛肉，而约纳斯最爱蛋和鳗鱼，于是我们相互交换吃。洛塔说她什么都最爱吃，所以她没有跟任何人交换。洛塔是没有吃饱的时候。她长这么大只有一次不肯吃东西，那是因为她生病了不愿吃东西，妈妈很着急。一天晚上洛塔上床祈祷说："噢，亲爱的上帝，请让我重新吃东西吧——只要不是大马哈鱼馅饼就行！"

洛塔、约纳斯和我每人都喝了一瓶柠檬汽水。洛塔去沙滩那里，弄点沙放进她的柠檬汽水中，我们好奇地问她干什么，她说："我就想尝尝是什么滋味。"

野餐以后，爸爸四肢伸展地躺在草地上。"太阳真好，我想睡一会儿。"他叮嘱说，"你们几个自己要小心。可要记住，不能到木板桥那儿去！"

我们很听话没去木板桥那儿。湖边有块大岩石，我们就爬上大岩石。约纳斯要表演给我们看，爸爸是如何跳水的。

"他就是这样跳的。"约纳斯边说，边高举着双手蹦起来。

我们还不清楚怎么回事时，约纳斯已经掉在水里了。他原本并不想下水的。更糟糕的是，妈妈叮嘱过我们不许下水，因为水太凉了。可他就像块石头似的一下落到了湖里。洛塔和我吓得哇哇叫起来。我抓起岩石上一根长树枝，约纳斯一露出水面就抓住了树枝。洛塔站在那里只是哈哈大笑。爸爸和妈妈赶忙跑着过来，爸爸一把将约纳斯拉从水中拉出来了。

"天呐，约纳斯，你怎么了啦？"妈妈问道。

"他就是想给我们表演一下，爸爸是如何跳水的。"洛塔回答说。接着她又笑了起来，因为她觉得约纳斯的裤子很搞笑，全都湿了，只能脱下来。

约纳斯只能脱下身上全部的衣服，妈妈把它们晾在树上。可等到我们要走的时候衣服还没干。约纳斯只好裹了一条毯子坐在车上。

洛塔觉得这样也很滑稽。但她突然停住了。原来班西找不到了。我们到处找，可哪儿也没找到。妈妈说只好把它丢下了，洛塔听了这话，叫得比在约纳斯掉到湖里去的时候还响。

"班西在林子里单独一个肯定会过得快快乐乐的，"爸爸说，"明天我再回来找找看。"

洛塔听了又哭了起来。"说不定会有一个邪恶的女巫要来吓唬它。"她担心地说。

"如果班西碰到女巫，说不定被吓到的是那个女巫。"爸爸说。

"你还记得什么时候你手里还有班西吗?"妈妈问她。

洛塔使劲地想了一会儿。"12 点。"她说。

洛塔根本还不会看时间，这显然是句不靠谱的话。

爸爸说洛塔是个粗心的小花生米，真是随口乱说的。

我突然想到了，当我们看鸟窝的时候，班西还在洛塔手里。于是我们大家重新回到那儿，看，班西不就正坐在鸟窝旁边吗!

洛塔赶忙把班西抱起来，亲亲它的鼻子，说:"班西小宝贝，你一直坐在这儿守那些蓝色的小鸟蛋吗?"

"可怜的鸟妈妈，说不定它一整天都不敢回到她这些鸟蛋这儿了，"约纳斯说，"用猪猡狗熊当稻草人来吓唬小鸟，真是不错的主意。"

"班西谁也没有吓唬，"洛塔辩解说，"它只不过坐在这儿看鸟蛋罢了。"

于是我们上车回家。一路上约纳斯只能用毯子裹着在车里。

那天晚上，妈妈和爸爸照例来我们的房间来对我们说"明儿见"。爸爸在洛塔的床边俯下身。她躺在那里，她那只肮里肮脏的班西就躺在她的身边。

爸爸说:"好了，小花生米，你说说，今天你觉得最好玩的事是什么? 我敢肯定，一定是找到了班西。"

"不对，我觉得最好玩的事是约纳斯掉进了湖里。"洛塔说。

我们到乡下去看爷爷和奶奶

夏天我们和妈妈一起到乡下去看望爷爷和奶奶。等到放假时爸爸也要来。我们坐着火车去的，因为妈妈不会开汽车。

"你们在火车上要乖乖的，别让你们妈妈太累了。"我们上了车，爸爸叮嘱说。

"我们只需要在火车上乖乖的吗？"约纳斯大叫起来。

"不，去哪儿都乖乖的。"爸爸补充说。

"可你只说要我们在火车上时才乖乖的。"洛塔说。

火车出发了，爸爸使劲儿朝我们挥手。我们也向他挥手，大声说着再见。

我们沿着火车过道，进入我们的房间。这房间里除了我们一家人，还有一个老头子，他把我们挤得紧紧的。洛塔抱着她的班西，我带着我最大的一个洋娃娃，它的名子是茂德·伊冯·玛莲。

那位老先生腮帮上长个疙瘩。当他站到过道上的车窗前时，洛塔声音很大地跟妈妈咬耳朵说："那老头腮帮上有个疙瘩……"

"嘘，"妈妈说，"别人会听见的。"

洛塔感觉很奇怪，说："他腮帮上长个疙瘩，难道他自己不清楚吗？"

查票员来查车票。我们一共买了两张票：妈妈一张，约纳斯和我合用一张。

"这小女孩几岁了？"查票员指着我问。我说我快6岁了。

他没问洛塔几岁，因为一眼就能看出来，她太小了，用不着买票。我们这里，5岁以上才买票。

可洛塔却忍不住对他说："我4岁了，我妈妈32岁。这是小班西。"

查票员听了忍不住笑起来，说在这辆车上，所有的班西都可以免费坐车，不用买票。

我们起先还挺老实，看看窗外的风景。可我们一会儿就坐烦了。于是约纳斯和我去外面过道上，去其他房间跟人说话。我们不时地回来看看妈妈，不让她担心。妈妈那时正忙着给洛塔讲故事，一个又一个地讲着，好叫洛塔安静坐着。她不让洛塔去外面过道，因为在那里谁知道她会闹出什么事情来。

"现在给我讲那两只羊吧，否则我就去过道上了。"妈妈刚讲完一个故事，洛塔接着就说。

中饭时候我们吃了夹心面包，还喝了柠檬汽水。洛塔从她的夹心面包里抽出一片香肠，把它贴在车窗上。妈妈很生气。

"洛塔，为什么你要把香肠贴在车窗上？"

"因为它比肉丸子更好贴。"洛塔解释说。

这回妈妈可真生气了，妈妈用餐纸擦着车窗，擦了好半天才把车窗擦干净。

火车停在一个车站上，约纳斯和我决定下车去呼吸新鲜空气。我们打不开门，一位太太来帮助我们。

"你们是要在这个车站下车吗？"她问我们。

"是的。"我们回答说。

我们下车了，可我们当然还要回去的。

我们下车了，一直走到最后一节车厢那里，从那里又上了车。接着我们穿过整列车厢，回到我们自己的房间。这时妈妈正和帮过我们开车门的那位太太站在过道上跟列车员说话。妈妈哭着说。"请您无论如何要把火车停下来。我的两个孩子下车了！"她说。

"可我们又再次上车啦！"我们朝她们跑过去时，约纳斯叫着说。

妈妈突然又哭了起来，帮我们开过车门的太太责备了我们。我一直也没弄明白，是她帮我们打开车门的，为什么又会责备我们。

"好了，你们都快坐到房间里坐好，一动也别动。"妈妈说。

可进入房间一看，洛塔却不在那儿。"洛塔呢？"我问。妈妈好像又要哭出来了。

我们最后在很远一边的一个房间里发现了洛塔。她正使劲地给一群人叽叽喳喳地讲什么。我们走过去的时候听见她在说："我们房间里有个人，他的腮帮上有一个疙瘩，可他自己却不知道。"

妈妈一手抓住洛塔，把她拉回我们的房间。之后我们三个只能一动不动地呆在那里了，因为妈妈特别地生气，说看管一群野牛都比看住我们轻松得多。

她一说到野牛，我立刻就想到要在爷爷和奶奶那儿看到小牛了，就觉得非常兴奋。等我们到了站，便雇了一辆出租汽车去奶奶和爷爷家那里。

爷爷和奶奶已经站在门廊上挥手欢迎我们了。我们的狗，路卡斯，汪汪地叫着上蹿下跳。到处是夏天的气息。

"欢迎，我的小宝贝。"奶奶说。

"还小宝贝呢!"妈妈嘀咕了一声。

"明天我们就可以骑小黑了。"爷爷说。

"咱们到牲口栅去，让你们看看那些刚生下来的小猫。"奶奶说。

"你们柜子里还有糖果可以吃吗?"洛塔赶紧问。

"快去看看吧，"奶奶说，"也许还剩下几块。"

这时候我们才觉得，我们回到了家，回到了奶奶和爷爷的家里。

洛塔到哪里去了

洛塔想，要是知道去哪儿就好了。可现在去哪儿呢，洛塔连个目标也没有。

"我去问问贝格太太，看能否搬到她那里去住。"她最后下定了决心。

她把小班西从马尔滕家花园和贝格太太家花园之间的篱笆扔了过去，接着自己也爬了过去。贝格太太有一条叫斯科蒂的狗，一看见她们就汪汪大叫，可是洛塔一点儿都不怕。她径直走到贝格太太的厨房门口，敲了敲门。

"您好，"她说，"我能搬到这里住吗?"

"你好，洛塔，"贝格太太在纱门里面回答，"你不是和你妈妈和爸爸住在家里吗。"

"本来是这样的，可现在我搬出来了，"洛塔说，"我不想待在马尔滕家。"

"那我知道了，你搬家是因为这个缘故，"贝格太太说着，便把门打开，"不过你不认为，你应该再多穿点衣服吗?"

"我在马尔滕家没吃没穿的。"洛塔边说边走进厨房。

贝格太太专门织毛线衫、帽子和手套，再把它们卖给那些不会织毛线的人。于是贝格太太走到一个柜子那儿，拿出一件厚厚的毛线衫。她把毛线衫从洛塔头上套下去。可毛线衫太大了，穿在她身上好像一件袍子。

"你感觉怎么样?"贝格太太问她。

"特别好，"洛塔说，"既不扎人，又不弄得人痒痒的。"

"那就好。"贝格太太放心地说。

"嗯，是挺好。"洛塔回答说。

然后她开始到处张望。

"你准备把我的床放在哪儿呢?"她问道。

"这真是个问题，"贝格太太说，"你明白，洛塔，你不能住在我这儿。我这儿不能再放下一张床了。"

"可我得有个地方去啊，贝格太太。"

贝格太太想了想，说:"我觉得你只能一个人住了。"

"可我没房子啊。"洛塔很着急。

"你可以暂住在我放东西的顶楼那儿。"贝格太太说。

在贝格太太的花园尽头那儿有一间板房，在那里放着贝格太太的一个割草机、一把耙子、一把铁锹、两袋土豆和一些木柴，还有一些其他东西。它的上面是个顶楼，里面有旧家具什么的。"那是放东西的地方。"贝格太太解释说。

洛塔和她的哥哥姐姐有时候喜欢溜到顶楼上，看看那些满是灰尘的东西，可每一次都被贝格太太发现。贝格太太从她的窗子里大声喊叫:

"快离开那儿，你们不能上那儿去!"

可这一次却不同。贝格太太的确对洛塔说，她可以借住在她的顶楼!洛塔高兴地笑起来了。

"我已经好久没听到过这样的好消息了，"她开心地说，"我现在就可以搬进去住吗?"

"不过我们先去看看它变成什么样了。"贝格太太说。

于是洛塔和贝格太太，一起爬上顶楼。贝格太太看了看顶楼，摇了摇头。

"这里真是又脏又乱，洛塔，你可不能在这垃圾堆里住啊。"

"我当然可以住，"洛塔说，"这里棒极了!又舒适又温暖。"

"简直是太舒适太温暖了。"贝格太太边说边打开小窗子透透风。

洛塔跑到窗口，探出身子。

"啊!我从这里可以看见马尔滕家。"她叫道。

"是的，他们有一座可爱的房子还有一个美丽的花园。"贝格太太说。

洛塔对着那幢黄色房子吐了吐舌头，笑了起来。"我再也不住到那儿去了，我永远要住在这里。我连窗帘都有了，"洛塔说着，还高兴地摸了摸挂着的红白格子窗帘，"现在我需要的是家具了。"

"你要自己安排呢？还是需要我给你帮忙？"贝格太太问她。

"您还是帮我一下吧，"洛塔说，"但是得我说了算。"

"好，那你说吧，"贝格太太说，"你要什么家具？"

洛塔向贝格太太笑笑。这比她从前想的还有意思。她早就应该搬家啦！

"我喜欢那个东西。"洛塔指着一个小抽屉橱说。

"那你用吧。"贝格太太说。

"我还要椅子。"洛塔说，"您还有椅子吗？"

"有，但是是破的。"贝格太太说。

"没关系，"洛塔说。"好了，让我看看……还要什么？有张床怎么样？您有床吗？"

"我想还是有的，"贝格太太说，"那些箱子那儿有张小床，好像在什么地方还有张玩具床。那是我女儿小时候睡的床。"

"睡玩具床？"洛塔问道。

"不，当然要睡那张小床了。"贝格太太解释说。

"那我可以睡那张床，"洛塔说，"小班西睡玩具床，那它就不会被挤了。您还有被子吗？"

"有，有床垫，还有枕头，说连毯子都有，"贝格太太说，"不过没被单。"

"被单我不在乎，"洛塔说，"您能再帮帮我放一放家具吗，贝格太太？"

贝格太太帮她把家具拉出来，帮她布置小屋。她们把桌子和椅子放在窗口那儿，把抽屉橱靠着墙放，床靠着另一面墙放，又把那张玩具床靠在大床旁边，洛塔把小班西放在小枕头上。

"这下跟真房间一模一样了。"洛塔兴奋地说。

贝格太太还找到了一条旧地毯，把它铺在地板上。有了地毯，这儿更像房间了。接着贝格太太把一面带有斑点的圆镜子挂在抽屉橱上面。她还在洛塔的床边墙上摆了一幅画，画上是小红帽和大灰狼。洛塔很喜欢这幅画。

"您做得真好，我真得有画，"她说，"否则就不是个真正的房间了。这幅画真好看，贝格太太。"

洛塔老是说，等她长大后，要像贝格太太那样勤劳，干活干得脚上都长鸡眼了，还要像妈妈那样把家管好。现在她看着她这个小房间，十分满意。"我已经在管理我的家了。"她一本正经地说。

"你可别急着长鸡眼。"贝格太太微笑着说。

"不会，我想得等些日子它们才长出来。"洛塔说着，连续打了三个喷嚏。

"这里灰尘太多了，"贝格太太说，"所以你才会打喷嚏。"

"我把灰尘擦掉吧，"洛塔说，"您这里有抹布吗？"

"在抽屉橱里找找看吧。"贝格太太也不确定。

洛塔拉开最上面的抽屉。"唉呀！"她说，"这里竟然有真的玩具碟子！"

贝格太太看了看："是的，我竟把这些玩具碟子给忘了。"

"我找到它们可多幸运呀！"洛塔开心地说。

她在桌子上面打开那盒玩具。碟子上画的是白底小蓝花。还有一些杯子和茶托、一个托盘、一个咖啡壶、一个糖缸和一个奶油盅。洛塔开心得跳了起来。

"要是这些东西被姐姐看见，她肯定要会疯的。"她咯咯笑着说。

"这真不可思议，"贝格太太说，眼睛闪烁着光芒。"找找其他抽屉里有没有抹布吧。"

洛塔拉开第二个抽屉，惊喜地看见一个大洋娃娃，她长着蓝眼睛，黑头发。

"噢！"洛塔叫起来。"噢！"

"哦，这是小堇菜。"贝格太太说。

"这是她的名字吗？"洛塔说。"她真漂亮！小班西现在不能睡在玩具床上了，因为这张玩具床要让小堇菜要睡……您可以把她给我吗，贝格太太？"

"当然行，只要你保护她。"贝格太太同意。"她当然要睡她自己的床，小班西只好把床让给她了。"

洛塔点点头："对。而且，我想小班西更想睡在我身边。"

"再看看下面一个抽屉吧，"贝格太太说。"你也许在那里能找到洋娃娃的衣服。我记得我给这洋娃娃缝了一堆衣服呢。"

洛塔拉开下面一个抽屉。里面全是毛线衫、衣服、大衣、帽子、内衣和睡衣，都是给小堇菜穿的。

"如果这些衣服让姐姐看见，她一定会疯了的。"洛塔又说。

她把全部衣服从抽屉里拿出来。接着她坐在房间的地板上，给小堇菜一件件穿上试试。贝格太太找来了一条破毛巾给洛塔擦灰尘。可是洛塔却摇摇头。

"等一会儿我再擦，贝格太太。现在我得想想，星期日洋娃娃穿哪件衣服最好。"

挑出一件最合适衣服真不简单，衣服确实太多了！有红的，黄的，蓝的，白的，还有格子的，有些上有一个个小点，有些上有一朵朵花。

"这件缀白花边的衣服最适合她，"洛塔最后说，"只能让她星期日穿。"

"你说得很对，"贝格太太说，"你一定不要让她每天穿这件衣服。"

然后贝格太太摸摸洛塔的脸蛋，说："咱们就先谈到这里吧，我要回家了。"

洛塔点了点头。"好，但是您得经常来看我。如果您碰到马尔滕家的人，请转告他们说，我现在已经住在我自己的家里，永远也不会回去了。"

"我肯定照办。"贝格太太说。等她刚下到一半楼梯，洛塔叫她说：

"噢，贝格太太，我可吃什么呀？"

"对，你说得没错。"贝格太太说。

"您能给我点吃的吗？"洛塔问她。

"行，但是你得自己下楼去拿，"贝格太太说。"我可不想在这些楼梯上来回跑。"

这时洛塔抬起头，看见天花板的钩子上挂着一个篮子。

"贝格太太，"她叫道，"我有个好主意了！"

　　洛塔的主意就是在篮子上绑上一根长绳子，从窗口把它放到楼下，贝格太太就可以把吃的东西放在里面。

　　"这样我只需把篮子拉上来，好吃的东西就到我这里了！"洛塔说。

　　"你真聪明，"贝格太太夸着她，然后她笑着去给洛塔拿点吃的。等她回来时，洛塔早已经把篮子放到了地上。

　　"好了！吃的来了。"贝格太太大叫道。

　　"先别说都给我些什么吃的，"洛塔叫道，"我要自己亲自看。"

　　她把篮子拉上去，里面放有一瓶橘子汁、两根麦管，还有一个包着的冷土豆煎饼，此外还放着一小瓶果子酱。

　　"比在马尔滕家真是好多了，"洛塔说，"再见，贝格太太，太感谢您了。"

　　贝格太太走了之后，洛塔就把煎饼放在桌子上，抹上果子酱。然后把饼卷起来，用手拿着，大口大口地吃起来。接着她用麦管吸橘子汁喝。

　　"好得不能更好了，"洛塔说，"碟子也不用用了！人们说管家难，这句话真让我奇怪！"

　　等她吃完，就用抹布擦了擦手指。然后她开始擦家具，她擦桌子，抽屉橱，椅子，小床，玩具床，还有镜子，那幅小红帽和大灰狼的画。之后她给小堇菜铺床，又铺好自己的床好跟小班西一起睡。洛塔可以自己管家了，心里可高兴了，于是哼起她从前学来的一首歌：

　　　我回到我的小房子，
　　　天时已晚，
　　　天色已黑，
　　　我一个人孤零零。
　　　我点亮我的黄色电灯，
　　　我的小猫，
　　　咕噜咕噜：
　　　"你回家了，欢迎欢迎。"

　　"可我还没小猫。"洛塔说，声音很轻很轻。

洛塔家来客人

洛塔跟小堇菜、小班西在一起玩，有时还玩玩具碟子，开心地玩了好半天。然后她又擦了五遍家具，然后坐在椅子上开始想心事。

"一整天都在管家，到底有什么事好管呢?"她问小班西。

这时候，楼梯上的脚步声砰砰砰地响起来了，来的是哥哥和姐姐。

"我已经搬家了。"洛塔对他说。

"是的，我们知道，"哥哥说，"贝格太太已经对我们说了。"

"我要永远住在这里。"洛塔说。

"原来你是这么想的。"哥哥说。

姐姐走过去去看玩具碟子。

当她小心地拿起杯子、托盘和咖啡壶的时候，大叫了一声，"噢!"然后她看见了小堇菜和她那些漂亮衣服。"噢!"她又大叫了一声，开始一件件地看那些衣服，看看到底会有多少件。

"别碰!"洛塔叮嘱她说，"这可是我的家，所有这些东西都是我的。"

"我就玩一会儿，行吗?"姐姐恳求她说。

"好吧，"洛塔答应了，"可是只能玩一会儿。"

过了一阵儿，洛塔问他们："妈妈在哭吗?"

"当然没有。"哥哥回答说。

"当然哭了，"楼下突然传来一个声音，一转眼妈妈已经站在他们面前，"我当然会为了我的小洛塔哭了。"

洛塔非常高兴。"对不起，妈妈，"她认真地说，"可现在我已经搬了家，有个家得要我管。我很忙。"

"很好，"妈妈说，"你这里真不错。"

"这里比家里好多了。"洛塔说着，拍拍她的窗帘。

"我给你带来了一盆花。有人搬家，送花可是个传统。"妈妈说着，送给了洛塔一盆秋海棠。

"太美了，"洛塔说着，"我把它放在窗台上。太感谢了。"

　　洛塔又擦一遍她所有的家具，好让妈妈、哥哥和姐姐好好看看。他们都认为她这个家管理得很不错。

　　等洛塔擦完后，妈妈问她："你还要回家跟哥哥和姐姐一起吃晚饭吗？"

　　"不，贝格太太会给我送东西吃的。"洛塔回答说，还让她们看看吊篮子这个办法是多么聪明。

　　"你倒是不笨。"哥哥说着。他坐在了地板上，翻看他从角落找到的几本旧杂志。

　　"那好，再见了，洛塔，"妈妈说。"如果你想在圣诞节前后搬回家，我们很高兴欢迎你回家去。"

　　"还有多长时间才到圣诞节？"洛塔问。

　　"七个月。"妈妈回答说。

　　"噢，我大概在这里会不止住七个月的。"洛塔说。

　　"你道是这么想的。"哥哥说着笑了起来。

　　妈妈走了，洛塔和姐姐一起跟小堇菜玩，而哥哥则坐在地板上看那些杂志。

　　"我这里是不是很好玩，姐姐？"洛塔问她。

　　"我从没见过这么好玩的儿童游戏室。"

　　"这不是儿童游戏室，"洛塔解释说，"这是我家。"

　　忽然从楼梯又传来咚咚咚沉重的脚步声，这回是爸爸。

　　"我刚听到一个不好消息，"他说，"大家都在说你搬家了，洛塔，是真的吗？"

　　洛塔点点头："是的，我已经搬家了。"

　　"那今天晚上我该有多么伤心啊，洛塔。你想想看，我到你的房间要跟你道晚安……可是我只看到一张空床，我该多么伤心啊，我的洛塔再不回来啦！"

　　"那也没办法。"洛塔毫不犹豫地说。

　　"真是可怜的爸爸。"洛塔叹了口气。她的确为他难过。

　　"是啊，真是无可奈何的事，"爸爸说，"约纳斯，玛丽亚，你们现在要回家了，咱们的晚饭是吃牛肉饼和煮杏子。"

于是爸爸下楼了，一边下楼一边说："再见，亲爱的洛塔。"

"再见。"洛塔回应说。

"再见。"哥哥和姐姐也说。

"再见。"洛塔又说着，走到窗口和他们挥手告别。

孤单的洛塔

剩下了洛塔一个人了。贝格太太给她送来晚饭，洛塔用篮子把它拉上来。又是一瓶橘子汁、两根麦管和一块冷猪排。

"现在就跟在马尔滕家一样好。"洛塔边说着，边给了小班西一小块肉。

她吃完晚饭，又擦了一遍家具。然后她走到窗口，看到马尔滕一家人在后院里：哥哥和姐姐正和爸爸在玩槌球游戏；苹果树开着花，看起来它们像是一大束一大束的鲜花，美丽极了。

"槌球游戏是很好玩，"洛塔对小班西说道，"可是还是没有管自己的家好玩。"

天慢慢黑了，爸爸、哥哥和姐姐他们回到温暖的黄色房子里去了。洛塔叹了口气，现在她什么也看不到了。

当她从窗口向外看的时候，贝格太太的这间顶楼发生了一件洛塔没想到的事情，它竟然黑下来了。所有的墙角都黑了。洛塔周围也黑了，整个房间漆黑一片，只有一小块地方是亮的，就是窗子那里。

"咱们还是上床睡觉吧，小班西。很快就什么都看不见了。"洛塔无耐地说。

她赶快把小堇菜放到玩具床上去，把小班西也放在自己床上。然后她就爬到它身边，把毯子拉上来蒙住自己的头。

"这可不是因为我怕黑，"洛塔自言自语说，"只是因为我很难过。而且，我想睡觉了。"

她深深地叹了口气。她两次坐起来盯住黑暗看，然后她浑身哆嗦，又钻到毯子里，把小班西抱得更紧了。

　　"这会儿哥哥和姐姐大概也上床了，"她说，"妈妈和爸爸要到房间里跟他们说晚安。可不能跟我说……"

　　她再次叹了一口气，同时听到这声叹气声也是整个顶楼里惟一的声音，除此之外就是一片寂静了。

　　"不该这么静吧。"洛塔想着，于是她唱起了她那首歌来：

　　　我回到我的小房子，
　　　天时已晚，
　　　天色已黑，
　　　我一个人孤零零。

　　突然洛塔不唱了，她的声音一直在哆嗦，她重新试了一次：

　　　我回到我的小房子，
　　　天时已晚，
　　　天色已黑，
　　　我一个人孤零零。

　　洛塔再也唱不下去了。她呜呜地哭起来了。这时候她听见楼梯上传来爸爸沉重的脚步声，他正在唱：

　　　我点亮我的黄色电灯，
　　　我的小猫，
　　　咕噜咕噜：
　　　"你回家了，欢迎欢迎。"

　　洛塔立刻从床上坐起来了，"爸爸，只要我有只小猫就好了。"她呜呜地哭着说。

　　爸爸把洛塔抱了起来，紧紧地搂在了怀里。

　　"你要知道，洛塔，妈妈太伤心了。你难到不想在圣诞节之前回家吗？"

"我现在就想搬回去。"洛塔说。

于是爸爸把洛塔和小班西都抱回黄色房子里，抱到妈妈的身边。

"洛塔搬回家来了！"他们一走到门口，爸爸就大叫起来。

妈妈正坐在起居室的炉火那里。她朝洛塔伸出手来，微笑着说：

"这是真的吗？你真的搬回来了，洛塔？"

洛塔立刻扑到妈妈怀里，眼泪顺着她的脸直往下流。

"我要永远和你住在一起，妈妈。"她哭着说。

"那太好了。"妈妈也很高兴。

洛塔卷在妈妈膝盖上，半天没说。最后她吸着鼻子说：

"妈妈，现在我又有了一件新的毛线衫，这是贝格太太送给我的。它漂亮吗？"

妈妈没有说话。她只是坐在那里默默地看着洛塔。于是洛塔垂下眼睛小声说：

"原来那件被我剪破了，我要说我很抱歉，可是这很难说出口。"

"要是我也说我很抱歉呢？"妈妈说。

"那咱们就一起说我很抱歉吧。"洛塔说。

她立刻抱住妈妈的脖子，紧紧地搂着。

"我很抱歉，我很抱歉，我很抱歉，我很抱歉。"她说。

于是妈妈把洛塔和小班西抱回楼上孩子们的房间里，放在洛塔那张舒适的床上。床上还有干净的被单和一条粉红色的毯子，洛塔睡着以后经常会把绒毛拉来。这时爸爸也走上楼来，妈妈和爸爸都亲了亲洛塔，对她说：

"明儿见，亲爱的小洛塔。"

然后他们就下楼去了。

"他们可真好。"洛塔对小班西说着。

哥哥和姐姐几乎都睡着了，可哥哥还是清醒着说了一句：

"我知道要是你在那儿待一晚上肯定会被吓坏的。"

"那我决定白天上再去那儿玩和管理我的家，就这样了！"洛塔说，"你和姐姐要是再敢欺负小班西的话，我就会把你们两个一顿好打的！"

　　"欺负小班西？我们可从来没碰过你那只猪猡老狗熊一下。"哥哥笑着，一会儿就睡着了。

　　可洛塔还没有睡着，她轻轻地唱起了自己的歌：

　　我回到我的小房子，

　　天时已晚，

　　天色已黑，

　　我一个人孤零零。

　　我点亮我的黄色电灯，

　　我的小猫，

　　咕噜咕噜，

　　"你回家了，欢迎欢迎！"

　　"可这首歌唱的再也不是我了，它唱的是另外一个洛塔。"洛塔轻声对小班西说。

　　然后她把小班西紧紧地搂在怀里，一会儿就睡着了。